arquitetura do mofo

capa e projeto gráfico FREDE TIZZOT

editor OTAVIO LINHARES

F814a França, Alexandre
Arquitetura do mofo / Alexandre França. – Curitiba : Encrenca, 2015.

214 p.

ISBN 978-85-68601-06-8

1. Literatura brasileira. 2. Romance. I. Título.

CDU 82-32

encrenca - literatura de invenção
Alameda Presidente Taunay, 130b. Batel
Curitiba - PR - Brasil / CEP: 80420-180
Fone: (41) 3223-5302
www.arteeletra.com.br - contato@arteeletra.com.br

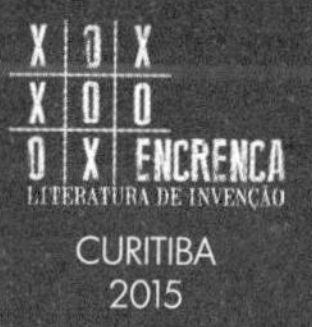

CURITIBA
2015

arquitetura do mofo

ALEXANDRE FRANÇA

Ele carrega nosso fardo, ele tomou a forma de servo, ele é paciente de coração e jamais diz Não; e quem ama Deus também o castiga.
- Mas a isso o Asno respondeu "I - A"
Ele não fala: exceto para dizer sempre Sim ao mundo que criou: assim glorifica seu mundo.
É sua esperteza que não fala: assim, raramente está errado.
- Mas a isso o asno respondeu "I – A"

NIETZSCHE

Sim; ter-em-mente é como ir ao encontro de alguém.

WITTGENSTEIN

primeira parte
A CONSTRUÇÃO

a mãe

Quando ele começar a falar estarei pronta.
Por que, agora, ouço o raspar de ângulos
O som retilíneo da tinta preta.
Mas não. Meus braços não possuem cor
Não possuem pele e minhas mãos
Não conseguem segurar uma ideia se quer.
O tempo escoa por sua baba arenosa.

ele

Ela me vê? Hoje permaneço quieto para o resto do ano. Ela me ouve? Contrabando de fumaça, odores de pasto e folhagem infecciosa. Cama suor e uma neblina amarela a permear o quarto por onde ela passa o seu dia a não me olhar por mais de um ano. Na sala, as costelas espalhadas, carne nos rejuntes e faca ventosa das portarias do silêncio. Você esfumaça em meus dedos e sai dançando pela minha boca. Posso engoli-la e mastigá-la e engoli-la novamente. Mínimos toques, nos semblantes rachados da louça trincada da água sem poros da ponta da faca da agulha da pia e do banheiro o cheiro infestado de mucosa a fazer do sonho um pântano. Sal e pintas e um redemoinho de dentes a triturar. Você me toca por onde pra que pra sempre por ano por troca por lábios por beijos? Há aquela penugem aquela do porco do joelho do porco flanando gordura entre as dobras deste ventilador. Gula, é o que me resta e é o que me diz baixinho, quase entoando o canto gregoriano das carmelitas. Gasto e solidão entre músicas e calabouços. Não há palavras para descrever o conteúdo desta molécula de obsessão e sofrimento e crise em chuva em sábados e acenos. Venha, você diz aqui, durante um ano nesta tarde e eu aqueço meus pés na última poça d'água, na última barreira de ferro lajotas ferrosas galhos entrelaçados carmas cascos e cicatrizes que deslizam e umedecem. O que trai quando vejo sua boca aberta este abre e fecha este hálito incompleto da sua boca das suas bocas das suas fendas? O que me faz ser engolido e cuspido como o hálito das flores mortas? Seus cabelos e suas algas e seus pelos crescendo se multiplicando se espalhando pelos meus poros e logo após o esconderijo a guilhotina dos braços a aparência púmblea do olhar. Onde forjou a faca da sua retina eu sei e reconheço e meço e contamino o seu olhar com os sons da minha saliva. Sabe da minha saliva, das ondas burras que vacilam cheias e pesarosas por entre os dentes e a língua, a terra desta sua cruz e desta sua chama e deste perscrutar e balizar e batizar como lodo como rosto o outro lado do meu desejo e da minha insígnia de insignificante. As rugas cravadas com força ao lado dos olhos e um sorriso estranho calculando outra face entre os olhos entre a expressão de desprezo que projeta na parede. Não há de ouvir a palavra que é medida do infinito. A palavra que dura para sempre e que acaba num outro pra sempre que sempre continua e se racha e se consome e se anula em partículas de insetos sem asas. Insetos para serem pisados. O sentimento escorre quando é pisado e logo encontra suas sequelas. Você ouve a minha voz? Por qual orifício? A textura da pele que escorre sequelas em meu espirito, a textura da pele que alimenta um parasita aqui dentro e escorre sangue pra onde não devemos olhar para onde se passa tanto tempo desperdiçado tanto tempo parado tanto tempo sem tempo. Agora desvia a atenção agora suga o espaço agora dobra a percepção dos ingênuos a sonoridade dos cegos. Estou aqui para falar sobre você por que para onde vou é inválido e movediço. Aqui estou frente a todos os seus frentes e todos os seus lados que me olham e me escrutinam. Um leve movimento do nariz e um alçapão um arpão em forma de curra a me levantar pelo estômago. Aprendi a lhe observar criei o método de lhe observar e de passar os olhos como dedos pulando páginas de um livro sem letras. O seu escuro é sem fundo e musgo e verde e sangue - tudo que coagula negro em nossa cara em nosso rosto em nossa face sem face em nossa habilidade de achar furos fome réstia. É ridículo falar sobre atração, criei outra coisa e dias e noites de anos e milênios encontrando outra coisa dentro da ideia sua ideia de encontrar a coisa a súmula o perto e o longe do que um homem pode sentir. Eu discordei da existência ao criar esta coisa. Eu lhe entendi e lhe formulei e você pode sentir desprezo finalmente por um deus uma entidade divina que de nada divina tinha que de nada adiantou em preces culpas flagelos. Por que inventei de entendê-la diferente e combatê-la e dispersá-la aqui, onde os anos dançam em segundos. Seus rabiscos imperfeitos de precisão sensória sua baba amarga e adstringente sua intransigência venenosa sua fome por foder os seres e virar as balsas revirar os túmulos colocar as bombas provocar tumultos agora é coisa é suco e vício da minha coisa da invenção que é enfim tocar o ponto da sua ausência e explodir vocês em você e você em vocês.

o casal

Estou grávida, digo pensando em sua expressão de deboche e, embora eu esteja falando a verdade, ele começa a rir feito um louco, como se o barulho do riso pudesse abafar o eco que a frase provoca em sua mente. Sua risada aos poucos dá lugar a um vácuo constrangedor de expectativas. Ele cala como quem espera ser arremessado pela janela. Não vai falar nada?

Pausa. Ela fica em silêncio por alguns segundos, esperando o resultado da sua provocação.

Começo a rir também com o intuito de normalizar o ânimo.

Cigarro? Ela mantém o sorriso na cara.

Acabou. Sua testa começa a palpitar.

Não falei pra você comprar uma caixa?

Eu comprei uma caixa.

Você fumou tudo.

Ah, vai se foder.

Como é que eu vou ficar sem o meu cigarro?

Desce e compra uma carteira no posto.

É longe.

Não exagera. Duas quadras só.

Uma câimbra insuportável cutuca como um ferrão a minha coxa direita.

Teus músculos estão atrofiando. Quem manda ficar o dia inteiro sentado nesse sofá.

Como se você não ficasse.

Eu leio. Leio e penso sobre a vida. Já você/

Olha que eu nunca mais pego bagulho/

Não faz chantagem.

O ambiente gira como um carrossel enferrujado. Você não me valoriza. Sempre me colocando pra baixo. Sempre me rebaixando. Você não sabe o duro que eu dou pra sustentar esta situação. Não sabe as coisas que eu me submeto pra sustentar esta merda de situação. Você não sabe de nada. Um silêncio constrangedor parece dilatar o tempo daquele lugar. Tem vodka?

Por que você não levanta esta bunda gorda do sofá e vai pra cozinha conferir se ainda tem vodka?

Por que é mais fácil perguntar pra você.

Tem um pouco... Mas não está na geladeira.

Tá onde?

Falo se você descer pra comprar cigarros.

Não me faça perder a paciência.

Compra o cigarro que eu digo onde está a vodka.

Sua/

Experimenta levantar a mão pra mim de novo. Experimenta.

Chega deste papo. Chega desta tortura. Vou pra cozinha. Abro a geladeira e nada. O que ela ganhava fazendo aquilo comigo? Chego a pensar que era coisa de personalidade, questão de costume, resistência e tolerância. Sentia em seus olhos mais um movimento da sua gilete mental.

Não quer um gole de vodka?

Foda-se. Não quero mais beber. Foda-se a vodka.

Mas fumar você quer...

Eu sei com quem você aprendeu a ser escrota deste jeito.

Com quem?

Com a desgraçada da tua mãe, aquela/

De novo a minha mãe. Ela nunca fez nada pra você. Só porque ela disse algumas verdades pra você não significa que ela é uma má pessoa. Você é tão egoísta que não aceita críticas, nunca aceitou. Você e esse seu mundinho medíocre. O que você pensa que é, hein? Já se olhou no espelho? Já se tocou da sua mediocridade? Algum dia você já se tocou da sua imensa mediocridade? Isso! Quebra a casa inteira. Acaba com as nossas coisas. Você não tem apego a nada. Você destrói todas as nossas coisas impunemente. Você consegue foder com toda a nossa vida impunemente. Você e esta inércia. Você e estas malditas pedras. Queria apenas que ele fosse comprar cigarros. Tínhamos que dar todas estas voltas para conseguir apenas uma carteira de cigarros. Vida em casal é isto. Foi você que começou a soltar essa fumaça nojenta na minha cara!

Como sempre, a culpa é TODA minha. Seguro uma lágrima fugitiva que ameaçava escapar do meu olho esquerdo.

Para com esta ironia. Para com esta sua arrogância. Para com esta sua prepotência. Para com esta mania de achar que está sempre certo. O quê? Vai dar uma de machão agora? Não vou calar a boca. Vai se acostumando que eu não vou calar a boca.

Você está na fissura, meu bem.

Não me chama de "meu bem". Seu escroto. Você me enfiou neste buraco.

Para de botar toda a culpa em mim. Você não sabe o duro que eu dei para conseguir todas as nossas coisas.

Ah, agora foi só você que conseguiu "todas as nossas coisas"?! Onde estão as nossas coisas, hein? Me fala? Você escondeu as nossas coisas, é isso? Seu idiota.

Você entendeu o que eu quis dizer.

A sua distorção, você quer dizer.

Não estou distorcendo nada. NADA!

Não me aguento e choro. Lentamente.

Faço um minuto de silêncio. Espero ela chorar o luto da nossa relação. A água não para de vazar. Você não me contou ainda o porquê desta "reforma".

Se eu contasse você não acreditaria. Não quero que o meu filho viva num ambiente como este. Não quero colocar mais um piá de prédio no mundo.

o velho pai

O sono do mundo me abraçou. Então compreendi que estava na sala de espera do fim. A morte não deu ainda a sua sentença, mas diariamente ela passa. Nas tardes de silêncio. Nos domingos de garoa. Neste clima de rinite. Um dia ela vai me dizer "hoje você volta a fumar." Eu sei. Não há motivos convincentes para se largar o cigarro. Desde que parei, acordo com um gosto de nicotina na boca. O relógio marca quinze para as três da manhã. Passo pelo quarto do meu filho para talvez descobrir no inconsciente das boas lembranças algum momento marcante em nossas vidas onde a sua fala estivesse presente. Permaneço por alguns segundos na soleira. Imagino o timbre. A voz adulta. Sigo em direção à privada. No escuro espero todo aquele líquido quente escorrer.

Volto entranhado no breu do apartamento. Dou uma volta pela cozinha. Abro a geladeira e o lugar mostra a sua silhueta grandiosa. Não tenho fome. Mimetizo apenas uma mania adolescente que se perpetuou por toda a minha história e que, neste exato momento, não faz mais tanto sentido. A minha gula noturna fez as malas há, pelo menos, uns dez anos. É um fato isolado no mapa da rotina. Uma ilha perdida num oceano de possibilidades. Não faz diferença para o cosmos, para o destino, para o desenrolar das situações dramáticas da sobrevivência (que já não é mais sobrevivência e, sim, espera, silêncio) o ato de abrir a geladeira àquela hora.

Cinco e dez acordo com dores no abdome. "Câncer no intestino", penso. Sei que não tem ninguém para me chamar de neurótico, me dar avisos, cobrar cuidados, chorar ao telefone. Volto à cozinha. Tomo um copo d'água. Apalpo a flacidez da minha pele em busca da dor. Não que ela seja intensa. Mas é persistente, como o barulho de ocupado. Tu, tu, tu. A dor pulsa a cada quinze segundos em movimentos peristálticos ruidosos. Vou ao toillet, faço força e nada sai do meu corpo. Conformado, tento dormir mais uma meia hora antes de tomar banho e me aprontar para o trabalho na concessionária. Vejo a noite desbotar. A noite e sua respiração doente. Amanhã será mais um dia esperando o final.

A água cai redentora na minha pele. Ela me lembra coisas santas, como o batismo, ou como o meu filho em sua primeira aula de natação. Poderia dormir um pouco ali dentro daquela cachoeira tépida, submerso em uma liberdade confinada. Infelizmente, adquiri a nojenta mania de me masturbar durante o banho. Agora sou nada mais do que um bando de gesticulações patéticas em meio à chuva torrencial. Geralmente, recuso qualquer coisa relacionada a prazer depois de três ou quatro tentativas. Penso em mulheres jovens, esguias, esterilizadas. Penso no cheiro das maquiagens, nas cores dos perfumes, nas roupas e em seus decotes. Nada me faz sair do abismo da impotência. Todo mês sou presenteado por alguns segundos de ereção, pelo qual me dou por satisfeito. "Obrigado, Deus", é o que eu penso, olhando pra cima com as mãos levantadas.

Saio do chuveiro com o “câncer” ligando o sinal de alerta do meu cérebro (preguiça de ir ao doutor fulano, de ouvir as suas recomendações e de, finalmente, limitar a minha geladeira a coisas saudáveis). Visto cada peça de roupa como se aquele momento possuísse um caráter único (desenvolvi a mania de transformar ações prosaicas em rituais sagrados, tentando assim trocar a mediocridade do costume por imagens supostamente hollywoodianas). Olho para o espelho, para o chão, ensaiando gestos. Não satisfeito, tiro toda vestimenta e a coloco de novo em meu corpo. Agora sim percebo um certo tom trágico. Agora sim pareço um merda de verdade. Um merda com elegância (sem cigarro, no entanto).

No caminho para o serviço, meu carro, um Escort velho modelo 89, morre três vezes. Estacionado na minha vaga, o carro zero do novo funcionário me dá as boas-vindas. Sento à mesa, ajusto a foto do meu filho, confiro os compromissos e atendo o primeiro telefonema do dia. Era engano. Vou até a térmica de café ainda intacta. Tomo dois copinhos. Olho para os carros novos e paro para admirar um deles. Um carro para jovens, verde escuro, com pintura metálica, vidros fumê e rodas de liga leve. Reparo na vulgaridade da sua falta de estilo. Os carros de hoje são todos iguais. O designer da nova era se baseia na invisibilidade. O recém-formado, com seu terno de igreja evangélica, tem um carro assim. O carro estacionado na minha vaga.

Os meus clientes custam a aparecer. Passo a tarde inteira entre a térmica de café e o último lançamento do ano. O dia vai colhendo a textura da preguiça. A clausura daquele espaço me angustia a cada minuto. A cafeína me deixa estriquinado. Batuco na mesa com um toco de lápis, até que a sua ponta se quebre, até que eu o quebre em pedaços menores num pequeno, mas potente, acesso de fúria. A recepcionista, uma jovem também recém-formada, me olha torto, de maneira a atestar friamente o meu deslocamento em meio a tantas coisas insossas e artificiais. Ela me despreza a cada mastigada nos seus chicletes.

Ligo o computador para me enturmar (todos o utilizam vorazmente). Um mundo estrangeiro abre a sua gargalhada para depois me engolir. Entre tantas opções que aquela tecnologia me oferece, a única coisa que consigo de fato fazer é jogar paciência. Os outros aplicativos são muito complexos. Não aturo preencher os cadastros para participar das redes de relacionamento que todos da concessionária usam para matar o tempo. Quanto aos carros, decorei os modelos, as cores, os opcionais, tudo para não ter que consultar o maldito computador. Geralmente, peço para alguém concluir o serviço pra mim. O garoto às vezes me ajuda, com seu sarcástico jeito de tratar os mais velhos. “Pronto! Conseguimos! Não é legal?” é o que ele fala, já tentado ganhar os louros da minha venda. Volto ao jogo. Fico mais uma hora desfilando naipes e números, depois retorno a dar um passeio pela concessionária. Vou fingindo admirar aquele monte de lata colorida. Meus colegas fingem que acreditam em mim.

Já quase no final do expediente, me aparece um daqueles velhos compradores. Ele é velho. Ele é antigo. Ele é dos meus. O meu fiel. Logo me reconhece e vai em direção a minha mesa. Pergunto como vai a vida, ele responde entusiasmado. Ele pergunta do meu filho, tento responder com o mesmo entusiasmo. Faço piadas. As velhas piadas de sempre. Ele ri. Ele gosta destas piadas. Ele compra carros comigo esperando que eu faça essas mesmas piadas. Ele pretende comprar um carro para o filho que passou no vestibular de medicina. Ele quer um carro popular, daqueles que possuem os melhores opcionais. Mostro enfim o mais novo lançamento da categoria. Ele me pergunta o preço. Quer saber sobre as vantagens. Insiste em saber sobre as vantagens. Eu digo "nenhuma". "O que?!" Ele se espanta, como se estivesse diante de uma falha no mecanismo das conversas.

Como nenhuma vantagem?! Você me disse que este é o melhor popular com todos os melhores opcionais?! É uma piada nova?

Meu senhor, há quanto tempo eu vendo carros aqui? Uns quinze anos, certo? Eu não tenho mais por que mentir. Os carros desta concessionária são um amontoado de lata tosca feita apenas para atrapalhar o funcionamento do mundo. O design, por exemplo. O design da nova geração é uma vergonha. Bons eram os tempos do Opala. Ah, o Opala.

Desato a falar. Vou adquirindo um arrebatamento que há anos não sentia. Havia descoberto um talento novo: a "não-venda". Eu era agora um não-vendedor. Um ótimo não-vendedor, por sinal. O fiel a minha frente começava a levar a sério a minha conversa. Até o ponto em que ele se convence de vez de que o filho, o recém-acadêmico de medicina, merecia coisa melhor, um importado, por que não? Um importado clássico, eu diria. Ele me agradece e sai. Eu me satisfaço, com a sensação de missão cumprida. Menos um carro ruim vendido.

Desligo o computador que não me serviu para muita coisa. O garoto, sempre disposto a tudo, me dá um tchau enérgico. Sai junto com alguns funcionários para aproveitar o *happy hour* no bar a cinco quadras daqui (um dia ele vai ficar exatamente do meu jeito, um dia ele vai sentir o cansaço do dia como eu sinto). Vou solitário até o meu Escort 89. Dou um tchau derrotado aos remanescentes. Sento a bunda no banco do automóvel e começo a chorar, efeito da alta quantidade de café que eu tomei no decorrer do batente. Meu coração está a mil. "Hoje eu tenho um enfarte", penso. Dou a partida pensando na janta do meu filho. Acho que devo cobrar alguma atitude sua. Ele deveria estar cursando medicina. E andando de carro novo.

Chego em casa com a pressão saltando pelos olhos. Dou boa noite ao meu filho e ele responde com um olhar oco de quem não vê a luz do dia há séculos. Vou para a cozinha preparar alguma coisa para comer. Resolvo que será mais prático esquentar os restos do almoço de hoje, ou seja, arroz, feijão e uma carne moída. Enquanto coloco o prato no micro-ondas, sinto uma pontada no lado esquerdo. Rim, eu acho, ou algo relacionado ao "câncer". A dor se intensifica. Os antigos azulejos azuis, posicionados perto da janela, adquirem uma cor alva. Eles escorrem junto com a água da pia que não está aberta. O cheiro do leite vencido, que me esqueci de jogar fora, invade o meu corpo abruptamente. Vomito um pouco da bolacha água e sal que comi há dez minutos. O ambiente vai sumindo numa invasão leitosa de nada sobre nada. Até tudo escurecer. Até o mundo parar por segundos.

Acordo e meu filho me olha de cima. Ele me ajuda a me levantar, calado como sempre. O prato de comida jaz estilhaçado no chão. Percebo que o meu intestino soltou durante a queda. Sinto-me sujo. Ordinário. Mais um pouco e terei que contar com a ajuda de uma enfermeira. Vou ao banheiro para me limpar e uma aranha marrom me encara no espelho. Ignoro. Não estou com disposição (ou melhor, coragem) para matá-la. Deixo ela lá, cultivando a sua cerca eletrificada, tecendo a sua teia invisível de possibilidades mortais. Volto à cozinha. Meu filho está sentado à mesa e come tranquilamente um combinado de presunto, queijo e fatias de tomate. Ele me olha daquela maneira, como se eu precisasse de ajuda, como se eu estivesse perdido num shopping center. Ouço nitidamente o barulho da sua mastigação. São cinco mordidas de um lado e cinco do outro. Espero ele terminar, depois dou um abraço apertado naquele monte de silêncio do qual sou devoto. Ele derrama lágrimas demoradas, difíceis de sair. Meu coração retorna ao ritmo normal. Vou em direção aos meus aposentos e começo a tirar a roupa. Ponho um velho pijama (um dos últimos presentes da minha esposa) e espero sentado a noite se ensimesmar.

O "câncer" procura de ene jeitos uma posição confortável dentro de mim. Decido que o melhor a se fazer é tomar um "chá dos sonhos". Saio do quarto me arrastando. Boto a água para ferver e procuro admirar a respiração da rua. Meus vizinhos começam a discutir quebrando qualquer encanto que a situação poderia provocar. Discutem alto. Quebram objetos, esbravejam para fora da janela. Preguiça de explicar para o casal "adulto" que pessoas normais costumam dormir a esta hora. Uma queimação se manifesta no meu estômago. Vontade de arrancá-lo fora. Ele brinca de contorcionismo. Faz suas manobras enjoativas. Não quero vomitar. Odeio vomitar. Vomitar me faz um homem pior. Vomitar é sinal de doença. De implosão. Felizmente, meu corpo é preguiçoso o bastante para me fazer dormir. A discussão daqueles drogados agora é uma canção de ninar idosos.

a mãe

Suas lágrimas desenham a minha circulação.
Estarei pronta quando sua voz tocar as paredes
E rebater ruídos em meu sistema elétrico.
Mas não. Agora ouço tudo o que não foi falado dizer "aguarde".
E um falso brilho injetar sangue em minhas retinas mortas.

ele

Ou de noite ela acende o lampião da angústia em fartos goles de arrependimento de sadismo de chumbo e cola? Eu te vejo em quadros vazados daqui do quarto ou mesmo da escada de emergência. Há uma gritaria sem nexo lá fora e as vozes são suas. O que pode e o que não pode e o que faz este vai e vem de luas e sonos e cristais quebrarem, onde aprendeu a se esquivar com tanta destreza e desastre? O sonorizador de seu brilho rústico me comanda e me larga nu em toda praça em multidões em passeatas sem nexo. Volto para casa e para a rua. Volto para a sala na cozinha preencho os gazes das panelas sem braços. Volto para a cama e para térmica, o café gelado esquenta os dedos e os tendões machucados de desenhá-la. Eu criei esta coisa que agora alimento com letras e ela me visita e você pode vislumbrá-la, você pode odiá-la e queimá-la quando quiser – o machucado vem da indiferença. Suas unhas arranham o azulejo desta circulação. Você corre por um ano dentro deste segundo de obsessão e eu volto para a rua como se sentasse na nuvem que ainda não choveu. Cinco horas de caminhada pelo deserto desta falta de sede, desta falta de rasgos. E a vizinha que me falou ela está aqui em algum lugar a coisa queima a coisa que você criou queima e aquece o banho de desvalidos. É nesta esteira que sempre deitei no olhar que fiz e colori a força. Nesta fronha babei coragens. Onde ali gozava paz risadas sonhos ali onde nada fez ponta de nada salivava ratos e despedia o ranço. Lá a coisa entrou e desejou sair pelo umbigo. Lá pude compreender o grão da criação e refazer o rosto do seu corpo em outra instância. Você me escutava surda e relutava mimos em torno do meu chão. Meus passos pendiam no território do escárnio. Aprendi a costurar o silêncio na minha roupa como um amuleto granjas e deleites divinos vomitavam feno por entre as tranças. E mais: pele e pele e sangue e cânfora. Onde agora a coisa age onde ela penetra no espelhosombra que me invade a noite a noite a noite – madrugadas em rios. Você me espera? A coisa não espera e não entende a espera a coisa engole esperanças e desativa a energia das plantas das camélias das ondíferas das plenitudes e nebulosas que desgastam o vão da sua presença. As bolachas que dissolvem carne da tela as bolachas que dissolvem doce na tela as bolachas que não param no estômago a circulação a forma geométrica o redondo das bochechas que aliviam tanto o meu desabamento. O que? A coisa anda? E percorre esta cidade atrás de movimento. Ali, naquela grande avenida ou mesmo em paisagens mortas de fuligens a coisa escuta. E ouve um grito da multidão e suas vozes que são suas. Pode que nada desapareça em vão pode que a coisa se submeta a desaparecer pode que a coisa esteja agora parasitando você e a sua mania de não ouvir. As escarpas que dançam frenéticas no intestino agora lambem os resíduos do seu reto e sinalizam a grande fogueira branca ao redor da sua bunda. Onde permanece estática a coriza dos dias em qual nariz escorre o pus da solidão? Com o gancho da coisa extraio o sabor da sua vagina e rompo a correnteza de leite a afogar pororocas. Você desliza na coisa sem saber e interrompe o fluxo das conversas de todas as conversas da multidão e suas vozes que são suas. Como é que é? Nada de nadar na piscina do seu enterro? Nada de consumir migalhas de ossos? Nada de oprimir paredes e latões de lixo? Nada de alimento sem gosto? De mel sem paraíso? As dúvidas da coisa me diluem e comprimem gozo em minhas entranhas. Por que agora o percurso da ejaculação perfura túneis dentro da sua imagem? A embalagem inviolável do seu corpo é a pele casca cancro da coisa e ela vive ali a salivar poeira e desenhar chorume. A relva do seu púbis de nada tem de relva aqui dentro da coisa ela é mole e amolece entranhas mortas. Chagas explodem o olhar da coisa em você não em você rastros e pistas falsas. Como pude roer as linhas do seu malefício? O espectro de uma - você de uma – todas – você me lança facas a um palmo de distância. A coisa não enforca e não carrega e não levanta. Sopro sim dentro da sua imagem em gotas lá – no embrião da garoa. Só me alimenta linda por que a coisa só percorre traças gordas da sua ausência? Você escuta? Do outro lado do universo? Nem que sim nem que não sua cabeça é o jogo da coisa na imensidão de nadas que a terra irá comer. Quando aprendeu a virar a cara as armas em minha cara as facas em direção à virilha? Quais tendões almeja cortar em qual centro de energia emerge a sua vontade de cortar triturar e ver claudicante o meu estado de esmola de rua deserta de um escroto vazio? Como vasculhar suas coisas, suas roupas íntimas e achar a coisa que criei que desenvolvi nos punhos da madrugada? Você permanece indiferente, aperta com os dentes o lábio inferior e joga as lanças mortais da sua pseudo-resignação. Volta rodopia pela calçada finge-se de morta e ainda brinca de dar a pata me ensina a dar a pata como uma leoa faz a presa como a rajada faz ao momento como a cobra faz a uma árvore. Tritão e seres inferiores, olimpo e suas putas sem rosto – deuses fodendo o que é nosso os nossos filhos o nosso sangue. Você vacila de propósito e eu posso sentir a coisa sentindo a sua respiração de garça. Não é à toa de graça acaso sorte azar que você insiste em me irritar e irritar a coisa para lembrá-la do quanto sua imagem é pegajosa em lugares úmidos. Eu perdi – é este o som que pretende ouvir e falo e arrebento a represa dos seus prazeres infantis. Pude e posso agora lamber a coisa e pintá-la em minha testa. Você não se esconde, você ri por trás e embaralha as cartas das árvores dos dias que se passam em segundos de um ano. Não. Não lhe espero com a resposta na ponta da língua não espero com os detritos com as pedras suficientes para arrebentar a coisa dentro de você. Assombro, jurisdição, aqui quando cai a torção das quedas aqui quando folhas lençóis e brancos filam meus sistemas. Aqui onde o enterro se faz necessário e de alguma maneira a pia escorre os seus olhos em minhas mãos.

o casal

Vou até à cozinha com a intenção de fazer um café. Nos armários, apenas a louça amarela e os copos trincados e encardidos. Bebo o resto da semana passada. Meu pai deve me mandar a mesada do mês. Se não, estamos fritos. Se ao menos a televisão funcionasse, não precisaria encarar essa insuportável cúmplice do inferno. Não quero mais olhá-la nos olhos. Não quero mais que ela minta para mim sobre gravidez e essas merdas. Ela não sabe o mal que me faz.

Viu... A gente podia descolar um som... Pra ouvir uma música de vez em quando.

Pode ser. Como? Respondo com a ironia que a raiva me traz, quando percebo o tom de uma certa ingenuidade calculada. A minha vontade era de voltar a ter um amplificador só para arremessar naquela cabeça meiga, entupida de ideias e ideais estúpidos.

Ele me trata como se eu estivesse com problemas mentais. E faz isto com um certo prazer. Seu pai. Pede pro seu pai. Não resisto e novamente o provoco.

Você sabe que eu não gosto disto. Ele já nos dá o mínimo. Eu precisava era arranjar um emprego.

E por que você não trabalha para o seu pai? Pede um emprego pra ele. E mais uma vez para a minha plena satisfação.

Não quero que o meu pai me sustente pelo resto da vida.

Mas se continuar assim, ele vai te sustentar pelo resto da vida. Xeque mate.

Tudo bem. Chega deste papo. Este é um dos assuntos que eu procuro impedir. Odeio quando ela faz esta pose de rainha do lar. Não posso nem pensar na humilhação que seria pedir um emprego para o meu pai. Já basta ele sustentar esta miséria em que vivemos. Não. Não posso me submeter a isto. E não quero correr o risco de ele saber do nosso catastrófico estado de sobrevivência.

Ele demonstra o seu transtorno através de uma respiração acelerada e caótica. A fumaça inalada todos os dias comprometeu para sempre o seu pulmão. Tento acalmá-lo. Sei que falar sobre o que fomos o ajuda a recobrar a consciência. Lembra quando a gente transava ouvindo o cd inteiro do Minus the Bear?

Lembro. Não gosto de lembrar que a gente tinha uma vida interessante antes disto.

Você cantava ela no meu ouvido bem baixinho. Aquela música, como é mesmo o nome? Chego mais perto. Vejo cada risco da sua face. Vejo o pai que ele poderia ser. Vejo nós dois unidos novamente. Vejo a sua boca falando "eu te/

Vou dar uma volta.

Mas a gente não tem mais dinheiro.

Não vou pra nenhum boteco. Só vou dar uma volta. Arejar a cabeça. Refrescar as ideias. Não gosto quando ela aproxima aquela lupa em meu rosto. Não gosto quando ela dá sinais de que ainda me ama. Pois o que eu sentia por ela está adormecido em algum canto escuro da minha falta de lucidez. Da loucura que eu só atinjo quando estou muito chapado.

Tudo bem. Mas não demora. Você sabe que eu me preocupo. E que eu penso em como seria a nossa vida se ele voltasse do inferno, com aquele sorriso de quem guarda uma surpresa por trás dos braços. O sorriso daquele que um dia volta de viagem contando histórias e aventuras. Percebo que ainda viveremos muito e que é bem difícil voltar de certas viagens. Mas apesar do meu sarcasmo e do gosto que eu adquiri pela sua tortura, amor, ainda espero você voltar com a nossa vida nas mãos. Ainda espero você voltar com a nossa casa que nunca existiu e com o nosso filho que nunca existiu e com o nosso cachorro que nunca existiu e com os passos lentos de quem aguarda. Não que eu acredite em céu e inferno. Aprendemos a não acreditar nestas coisas. Nós dois juntos aprendemos aos poucos a não acreditar em muitas coisas. Mas, devido a atual conjuntura, prefiro chamar o que nos tornamos de inferno, a título de comparação.

De contraste. De remédio para a existência. Cada saída sua é uma espera interminável. Me acostumei com a solidão que é estar grudada em você. Quando realmente estou só, a angústia me revira o estômago, e sou acometida por lembranças ruins das noites que nunca existiram, pois a minha paranoia não me dá brechas, oxigênio o suficiente para levantar e me olhar no espelho e ligar o chuveiro e me limpar das coisas ruins que o mundo inventa das coisas ruins que o mundo nos empurra da falta de perspectiva que nos atinge dia após dia logo após a criação de qualquer sonho de qualquer esperança de qualquer vida de qualquer susto. Não posso nem pensar na sua demora. O tempo se deita e se acomoda muito fácil com a sua saída, amor, de modo que não é recomendável andar em outras cercanias. Apenas a nossa. Você deve transitar apenas nas cinco primeiras quadras depois do nosso prédio que não é nosso, mas do seu pai. Nada de se afastar daqui, nada de tentar outros mundos, nada de tentar suicídio em outros lugares que não seja aqui, ao meu lado, respirando o ar que eu também respiro, lado a lado, juntos, sem medo, sem angústia, sem alucinações, sem pesadelos, sem doenças, sem medo, sem cicatrizes, sem medo, sem crises, sem medo, sem medo, sem medo nenhum. Uma longa pausa se alastra pelas frestas da percepção. Ele demora a voltar. E eu começo a andar de um lado para o outro do apartamento. Me finjo de turista em minha própria morada e finjo conhecer e entender pela primeira vez cada pedaço estranho de pedra, de areia, de bolor. Desenho a arquitetura do mofo em meus pensamentos para tentar compreender o sentido da existência daquele ambiente. Procuro bitucas pelo piso encharcado a fim de saciar a sede de nicotina. Estão todas molhadas, impossíveis de acender. Se ele comprasse uma carteira, ao menos teríamos alguns segundos de trégua, de paz. Abro uma fresta da porta para esperar a sua chegada. Apenas uma fresta que seria fechada logo após a sua volta repentina. Penso no cigarro que seria aceso. Ele foi comprar cigarros, agora tenho certeza disto, ele precisa, muito mais do que eu, de cigarros e de fumaça e de névoa e de esconderijos. O elevador parece estar subindo. Ele para no nosso andar. Ele sai com uma sacola. Com certeza há cigarros ali dentro. O velho do andar de baixo também está lá: suado e com as mãos sujas de sangue. As portas do elevador se fecham e ele entra como um furacão em volta do mundo inteiro.

o velho pai

Tomo o meu patético banho. Dou bom dia ao meu filho (que não responde absolutamente nada) e como um pão velho que sobrou de ontem. Dou tchau para o silêncio (que novamente não responde) e visto meu sobretudo. As manhãs desta cidade estão cada vez mais geladas. Entro no carro, ligo o som que ainda possui um toca fitas, e viro a chave. Uma, duas, três, quatro vezes. Não responde. Minha pressão, que já é alta por natureza, aumenta um ponto a mais na escala da anormalidade. Dou porradas no painel na esperança de que aquele mecanismo volte a funcionar. Finalmente, um soco no vão do console me corta o punho. Vou ao banheiro da portaria para consertar o estrago (minha pressão aumenta mais um ponto). O porteiro ri, nervoso. Volto à garagem. Dou alguns chutes na lateral do Escort. Amasso um pouco a porta direita. Um arrependimento faz despertar o "câncer". Entro no carro e decido ser um bom homem. "Prometo que não vou te arrebentar inteiro, carrinho. Prometo". Viro a chave pela milésima vez e acordo finalmente o velho automóvel.

Saio da garagem e quase atropelo o inconsequente do meu vizinho. Aquele drogado. Ele me olha por alguns instantes e consegue apreender a minha raiva canina. Sai em disparada. É provável que esteja com alguma crise de abstinência. Não sei como ainda não foi expulso do prédio, do bairro, da cidade. Sigo em direção à concessionária amargando mais cinco paradas do velho e claudicante Escort 89. Minha pressão já está lá em cima e ameaça fundir de vez a minha cabeça. Obviamente, o carro do garoto está estacionado no meu lugar. A diretoria me deu esta vaga. Ela é minha há uns cinco anos. Retribuo o seu cumprimento hipócrita. Ajusto a foto do meu filho e atendo o primeiro telefonema do dia. Era trote. Reajo furiosamente ao engraçadinho que me pregou a peça.

Seu merda! Nunca mais brinque comigo! Eu não sou de brincadeira! Eu odeio todos vocês que acham que o mundo é uma grande piada! Se você estivesse na minha frente, eu acabaria com você no braço! Eu esmagaria todo o seu corpo de merda com as mãos! Nunca mais ligue pra mim! Você é um merda! Um merda!

A recepcionista, com seu chicletes de vaquinha amestrada, me olha com surpresa e desprezo.

O que você tá olhando, garota?

Ela logo atinou para a força da natureza mostrando os dentes. Se retrai. Começo a rir desesperado da sua cara. Da sua cara de entojo.

Estou brincando, querida. Hoje acordei com o pé direito. Estou louco para não vender este amontoado inútil de metal.

Vou até a térmica. Está vazia.

Quem foi que acabou com a porra do café!?

Ninguém entende a minha indignação. Bando de ignorantes. Todo o trabalhador entediado merece tomar, no mínimo, meio litro de café por dia. A secretária, agora temendo a minha pressão, logo responde.

Ela já vai fazer mais. Calma!

Ali mesmo, espero ficar pronto. Meia hora para alguém aparecer com uma térmica nova. Vou remoendo o meu ódio por toda aquela lataria estéril. Eu desenharia carros melhores. Tomo já três copinhos para começar o dia com uma disposição de motor Ferrari. Lá fora, percebo que meu chefe fuma um de seus cigarros longos. Não resisto e peço um. Volto à mesa e fico a encarar aquele cigarro. Dou pequenos estalos com os dedos no filtro. Admiro a sua falsa elegância. Me imagino fumando com os grandes: Frank Sinatra, Dean Martin, Sammy Davis Jr, enfim, o Rat Pack. Ah, bons tempos aqueles.

O dia aos poucos perde o viço. Me pego dormindo e babando em cima da mesa de trabalho. Sou acordado pelo garoto. "O chefe tá reparando", diz ele, com um tom de coroinha ingênuo. Limpo a poça de saliva e esfrego os olhos poluídos de remela. Volto à térmica. Tomo mais dois copinhos e olho novamente o meu chefe fumar lá fora. Começo a jogar paciência (eu já havia começado a jogar? Não lembro). Olho para o telefone que não toca. O garoto volta a tentar uma conversa comigo, agora se vangloriando com relação as suas três vendas do dia. Pobre coitado. Agora entendo a sua carência. Também era carente na juventude. Buscava chamar a atenção das formas mais ardilosas possíveis, sempre mostrando as minhas habilidades (na época eu as tinha), sempre destilando o meu conhecimento sobre tudo o que se possa considerar inútil. O garoto insiste em querer chamar a minha atenção. Será que vê em mim a figura de um pai ou algo do gênero? De qualquer forma, para mim, o objetivo dele é bem claro: tomar o meu lugar. Não é isto que os filhos querem no final das contas?

Já passam das cinco. Nada de clientes. Acho que consegui afugentar todos eles. Me sinto incrivelmente sozinho e angustiado. Como alguém dentro de uma cela solitária, tendo apenas café para matar a fome. Sento por alguns minutos na sala de espera vip. Ali a tv arrota a sua filosofia e eu me vejo feliz junto à humanidade de brinquedo. Os efeitos colaterais do café me ajudam a me emocionar. Não uma emoção qualquer, uma emoção feliz. As lágrimas surgem, tímidas. Choro do filho que perdeu a mãe. Da luta de um advogado gay contra o vírus da AIDS. Da menina tetraplégica e de sua fisioterapeuta. Dos estudantes em torno de alguma causa social. Da menina gorda que não consegue se relacionar. Do menino raquítico que não consegue se relacionar. Da menina lésbica que não consegue se relacionar. Do menino albino que não consegue se relacionar. Da menina com Síndrome de Down que não consegue se relacionar. Enfim, de todos os excluídos que não conseguem se relacionar. Me identifico com todos eles. Choro junto com eles. Um choro verdadeiro. Um choro feliz do comovente mundo da televisão.

Quase no final do batente, enquanto arrumava as minhas coisas para ir embora, a recepcionista vêm até a minha mesa.

Você tá estranho hoje.

Estou irritado, isto sim.

Vou sair com o...

Não quero saber da sua vida. Odeio fofocas.

Não precisa ser grosso também!

Ela então faz uma bola com seu ruminante rosado. Ri suave da minha cara, deixando o ar com um leve frescor de maldade infanto-juvenil. O garoto vem até mim para dizer a mesma coisa.

Vou sair com a/

Já sei, já sei.

Ela é gostosa, né?

Concordo com tudo o que ele diz na esperança de me livrar do diálogo o mais rápido possível. Abro a gaveta, enquanto o garoto fala como uma gralha, e miro o cigarro longo. Miro as suas possibilidades. Nunca acenderia aqui. Não poderia desperdiçar todo o potencial de solidão que pode existir dentro de uma varinha mágica de nicotina.

Os meus fiéis finalmente me abandonaram. Não que isto gere tanta discrepância na ordem do dia. Expedientes sem nenhuma venda podem ocorrer. Mas não sei se por causa do excesso de café, ou do excesso de televisão, hoje senti um abandono diferente. Como se as minhas ferramentas de trabalho estivessem perdidas no passo ralentado da tarde. Como se eu percebesse na união entre a recepcionista e o garoto a marca definitiva do meu deslocamento. Já estava na hora de abandonar aquele cenário apático. Eles chegariam à mesma conclusão. Por enquanto, irão desfrutar da falta de critérios própria da juventude. Depois terão seus filhos. Suas peles rapidamente irão enrugar. A vida enfim irá concluir a sua maldosa piada. E então eles encontrarão o vazio. O vazio que é existir dentro deste jogo. O vazio que é trabalhar numa concessionária. O vazio que é vender automóveis. O vazio que é vender-se a si próprio.

Dentro do carro, a cena se repete. Desato a chorar lágrimas escuras, lentas. Dou uma porrada no painel e magicamente o velho Escort 89 liga de primeira. Dirijo tentando imaginar as ruas dos anos 70 no lugar daquele trajeto sujo e machucado. No caminho, observo o meu vizinho conversando com um maloqueiro. Fazem gestos calculados, como que tentando espalmar alguma coisa com as mãos. Trocam cumprimentos e saem tranquilamente. "Seus pais deram tudo pra ele. Tudo", penso, um pouco atordoado com uma coriza que começa a amolar meu nariz.

No apartamento, meu filho olha para o vazio da janela e escuta o noticiário. Ele raramente olha para a TV. Prefere escutá-la de longe. Assim tem a impressão de que as pessoas também estão a quilômetros de distância conversando, discutindo e tramando suas confusões em um universo paralelo. Vou para cozinha. Uma dor lateja forte na testa e na parte de trás do pescoço. Um leve torcicolo me impede de realizar movimentos bruscos com a cabeça. O cheiro de leite azedo continua, mesmo eu tendo jogado a embalagem fora. Sinto ânsia, mas seguro qualquer tentativa de regurgitar o lanche da tarde. O "câncer" volta a doer. Tenho a nítida sensação de que algo vai descolar do meu corpo. Abro a geladeira e sinto, mesmo que por alguns instantes, que sou um homem melhor.

Vou ao banheiro e lá está ela: a aranha marrom. Bem no meio do espelho. Novamente, desvio o olhar para um outro canto do recinto. Assoo o nariz que agora escorre pra valer. Faço barulhos esdrúxulos na tentativa de expelir todo aquele catarro amarelo. Na saída, sinto a perna pinicar. Vou para sala com o corpo pesado. Saio dali e entro no quarto do silêncio. Ele continua olhando para fora, buscando, talvez, uma chave perdida no funcionamento da existência. Desato a falar sobre o meu dia. Durante o discurso ele vira um pouco a cabeça num sinal de concordância. Ele também acha a humanidade uma grande porcaria.

Volto à cozinha e boto a água para esquentar. Um "chá dos sonhos" deve resolver as sequelas do excesso de café. Olho para a janela buscando o vazio (o mesmo vazio do meu filho, acredito). Sou hipnotizado pelos barulhos da rua. O expresso, o vento assoviando baixo, uma briga de casal – os últimos sinais vitais da cidade vão aos poucos minguando.

Tiro a roupa e me visto para dormir. Percebo uma cor amarelada na fronha do travesseiro. Abro um velho livro da minha esposa. Uma traça cai direto do meu braço. Sou acometido por um desespero histérico, como se agora sim eu estivesse no meio de um imenso bolor chamado apartamento. Espanto ela com um safanão (não tenho coragem de matá-la). Ela rapidamente se esconde em alguma fresta esquecida. Não foi a primeira vez que dei de cara com traças por aqui. Elas devem estar se multiplicando em alguma parte do desconhecido. Um cigarro me faria bem agora.

Definitivamente não consigo dormir como antes. As posições todas são desconfortáveis. Estou zonzo por conta da renite alérgica (ou gripe, ou resfriado, não consigo definir). Encaixo meus braços de várias formas para tentar dar a cabeça um conforto real. Levanto, vou ao banheiro, assoo o nariz e lá está a minha amiga aracnídea. Volto à cozinha. Abro a geladeira. Volto para o quarto. O nariz escorre. Volto à cozinha. Tomo um copo d'água. Paro na porta do meu filho, que está próximo à janela olhando novamente para o nada. Percebe a minha presença. Geometricamente, vai até a cama, se cobre e finge dormir.

Está escuro. Não consigo visualizar seu rosto. Ele não pronuncia, como sempre, uma só palavra. Se encolhe ainda mais no útero de sua cama. Dou um beijo em sua testa. Volto tropeçando em alguma coisa. Hoje a noite será interminável.

a mãe

Estou aqui e espero como quem espera a criação de uma floresta.
Estou aqui e possuo apenas o desenho da ausência.
O hálito da duração.
Quando puder falar quando eu puder falar
Ele, quando eu puder, ele vai agradecer.

ele

Bolas gelatinosas presas a linhas de teia de aranha presas às cordas de aço e diamante e correntes mastigáveis. Elas engrenam o carrossel da minha cabeça e colorem com a tarde a coisa que ora vê você cuspir fogo ora vê você cuspir sangue ora vê você cuspir existência. Carnificina plástica do bate estaca no tuneltrem do jumbo colosso que despedaça telas de papel celofane. Vulto em contramão em tântrico lúpulos em tânatos ades e fórceps e cálix. Você derrete na superfície da coisa para renascer pálida em sua cama. Você come as sementes da coisa e sorri um sorriso melado de escuridão em minha boca. Aqui, neste segundo de milênios, você transforma a coisa em rosas para depois moê-las com as pontas dos dedos. Qual a forma de comunicação entre você e a coisa? Saliva líquido vaginal suor e cheiro? Qual a saída da coisa em você? Por onde passeia a tarde com a coisa no colo para depois posicioná-la no meio do asfalto observando ela ser esmagada por carros ônibus caminhões? No banheiro a poeira dos mofos e as sensações dos íntimos dos banheiros de todo centro. Você me observa de cima enquanto toco o meu corpo e ri, ri alto como se rir fosse o último recurso frente a carbonização pela luz solar. Sua barriga esfumaça choques em minha espinha. E eletrificado saio a rastrear tumultos pelas labaredas da coisa. Jato de rubros cães a lardear a coisa. Voltas de chaves tetra em meu umbigo sem fundo. A coisa me imagina agora e me compadece em espasmos ela me suga pela sonda carnívora da via láctea. Socos de vales e chutes pontapés de aves gigantes dentro da coisa. Grifo e quimera e hidra e medusa e as juntas largas dos irmãos siameses pais da coisa em comunhão com as curvas de células naturais. A vertigem do horizonte a vertigem da queda livre a coisa em partículas de quedas em partículas de chão. Rompe com o piche deste portal e o negror de porra a sair pelas ventas das florestas de carne e sol. Rompe com a massa do pão da coisa do pão do mar do pão da areia ali onde passa descalça e chuta conchas como quem chuta orgulhos. Ali onde se afunda inteira de sal e sai flutuando água viva transparente e lúcida. Desenha as novas flores com os olhos e cutuca a coisa para observá-las. A coisa não resiste e desdobra cores e firmamentos amarelos como amarela é a cor da sua lapidação. Cisma e contrai a madrugada no colo, como a mãe matando o filho por depressão pós parto – estrangulamento de espíritos, é o que você pratica em domingos nebulosos. Litros de insulina aqui no chicote da coisa aqui nos ferimentos entre você e a coisa. Conto as partes dos atalhos da mente e a coisa me investiga. Vou para o mercado compro a bagagem necessária para continuar inerte e inventar para a coisa outros mundos e a coisa me investiga. Semeio a proliferação de vocês em multidão de vocês e gritaria e pedidos de perdão na coisa em vocês. Sou sucateado pela ojeriza e parto para a encosta da desconfiança patológica. Sou sugado pela coisa sou sugado pela desconfiança patológica da coisa – meu sintoma é você estilhaçada. Parto para as avenidas contaminadas das veias e artérias da coisa – o suco do seu corpo escorre pelas sarjetas de lá – há crianças brincando com barcos de papel. Um terremoto um arroto divino estremece o cimento daquelas construções. Livros de imagens da coisa é o que esconde nestes armários de plasma. Por que? Você consegue olhar para este desastre em cubos? É na penugem de suas costas que a coisa procura se esquentar quando comprime e fricciona na cama no banho no piso gelado da sua casa. E você ainda diz que mora sozinha. Sozinha como quem diz a coisa ao lavar seu sovaco com mirtilo. Vê que a as poções que a coisa promove em seu estômago vem do assovio gasoso que inebria vagalumes e onde a noite lhe mora e me atravessa está na vaga que bloqueia a luz da sua imaginação – seu buraco negro impenetrável – a coisa quer ser desintegrada, entende? Qual o gosto das amoras em sua boca? A coisa capta o borrão em seus lábios e faz desta a cor de sua existência – e no outro segundo opacidade. A argila do seu medo ela me fixa aqui ela me faz outro aqui e nela que trabalho a coisa que trabalho os outros formatos da coisa. Veja – a coisa desenha o mapa do seu desmonte, ela percorre os territórios necessários para a sua desconstrução em meu estômago e uiva para as estrelas sem brilho o outro nome que você terá. Reminiscências? A coisa lhe inventa. Nostalgias? A coisa lhe inventa. Rútilos e rumores? A coisa lhe inventa. Por que você agora é uma criança a brincar com a mangueira no quintal de uma casa no interior? Qual coisa permitiu que você virasse criança e jogasse água nos animais da rua? Um vira-latas dissolve-se uma iguana lhe observa e a salamandra a costurar sombras por entre as frestas do dia. Ah, você espera os adjetivos lhe consumirem com seus dentes de alicate? Você espera a redenção do espectro solar a calmaria do oceano desaguando no meio da cidade? Você espera o desastre máximo para dar à coisa um só sorriso verdadeiro? Veja, a coisa acorda e queima suas retinas no reflexo dos prédios. O sol está mais forte do que nunca e ele te ilumina, onde quer que você esteja – não há escuridão onde se agarrar. O sol hoje ganhou da coisa a capacidade de iluminar os corações mais escondidos e você está iluminada pelo sangue albino do sol – você é o sol se encolhendo e se expandindo. Há esta grade de miríades sangrentas há este ácido sabor de bateria há esta azaleia balançando em sua calda – há redenção nas flores novas. Ela finalmente lhe escuta quando percebe o sol queimar a sua retina. Ela vem e aparece para se esconder.

o casal

Acendo um cigarro. Poderia ter acendido na rua, mas preferi esperar para acender com ela. Minha cúmplice das atividades infernais. Ela volta a ser feliz por um lapso de tempo. Seu sorriso possui a dimensão de um hospício. Tento desviar o rosto para não ser atingido por aquela lástima, aquela praga chamada desespero. Ela agora olha para dentro de si ao procurar o nada do apartamento mofado, cheio desta água suja própria dos vazamentos que existem no final de tudo. Depois de uma garrafa de vodka e algumas pedras na cabeça, a gente começa a entender uma pessoa quebrando as paredes do banheiro jurando derrubar as paredes da sala de estar. Roubei da padaria aqui perto.

Como conseguiu?

Uma senhora, daquelas bem fumantes, parecida com a perua aqui do prédio, havia acabado de comprar duas carteiras de Charme longo. Nem sabia que ainda existia este cigarro. Minha mãe fumava. Ela ri ao sentir que "sim, eu poderia viver uma vida terrivelmente medíocre."

Minhas tias velhas também fumavam Charme. Comecei roubando cigarros delas. Elas fingiam que não percebiam nada. Ele me olha como se agora estivesse tudo bem, como se voltássemos rapidamente ao início de tudo.

Vou ver se consigo um cinzeiro ou uma latinha para jogar estas bitucas. Não gosto desta sensação de falsa felicidade. Não posso alimentar este tipo de sensação. A queda é pior.

Viu que o velho do andar de baixo voltou pra casa com sangue nos dedos?

Isso não é da nossa conta, falo da cozinha com medo de voltar e de ouvir a costura de mais um pesadelo macabro desenvolvido pela cabeça maligna da única mulher que eu amei. Por que o desgraçado do velho foi se esquecer de apertar o botão do elevador? Ele poderia ter descido antes. Ele poderia ter apertado o maldito botão do seu maldito andar e ter me poupado das especulações absurdas daquela mulher insuportável.

Será que ele brigou na rua? Foi assaltado? Matou a esposa a pauladas? Meu Deus, Ele poderia estar envolvido com criminosos seriíssimos. Poderia estar envolvido com traficantes, com tráfico internacional de drogas. Ele poderia estar chegando da favela. Poderia ter rolado uma chacina por lá. Poderia ter rolado a maior carnificina por lá.

Ele é só um velho. Um velho ranzinza. Ela exagera. Força uma situação engraçada que não existe. Não gosto de falar sobre os vizinhos. Não gosto de me lembrar da existência do velho. O velho me lembra o meu pai. Eles eram amigos.

o velho pai

Acordo com o corpo dolorido. Uma febre forte deixa os meus movimentos em câmera lenta. Estou ardendo. Preguiça de ir ao trabalho. Preguiça de ser um inútil na concessionária. Prefiro ser um inútil aqui. Pego o elevador e para a minha infelicidade ele para no andar da velha. Meu nariz escorre a granel. Ela, na sua polidez provinciana, pergunta se está tudo bem. Me oferece um lenço. Quer demonstrar a sua educação a todo custo. Então, desata a falar sobre assaltos nos apartamentos. Pequenos furtos que a estão deixando louca. Um dia é o troco do galão de água, outro dia é a carteira que aparece vazia. "Tenho certeza de que foi o negro", ela diz, destilando toda a miséria da existência humana em uma só frase. Começo a ter calafrios. Meu cenho pulsa uma irritação descontrolada. Isto a faz falar ainda mais, em impulsos de carência que parecem chupar por uma sonda todo o resto de espírito que poderia existir no meu peito.

Na minha época não era assim cada um no seu lugar cada um sabia exatamente qual era o seu lugar e de repente me pego discutindo com um negro velho que não sabe nem se portar direito em uma portaria como a nossa de alta classe de bairro nobre como pode uma coisa destas acontecer e ninguém toma providências a este respeito o mundo está cada vez pior onde já se viu as pessoas ignorarem o fato de um negro estar roubando o nosso suado dinheiro (só pra constar: ela vive de renda há mais de vinte anos) o nosso dinheiro o dinheiro da nossa família o dinheiro de toda uma dinastia o dinheiro de toda uma história o nosso patrimônio moral como pode estas pessoas se intrometerem nas nossas vidas invadirem as nossas vidas invadirem a nossa rotina como poderia imaginar que esta situação iria tomar este tipo de direcionamento mesquinho e o nosso síndico lá dormindo feito um bode velho sem tomar as devidas providências sem mandar de uma vez por todas este porteiro para o olho da rua.

Graças a Deus, o elevador foi direto à garagem, o meu destino final. Saí em disparada, focando a minha deprimente condução. A velha continuou ali, com a sua metralhadora de fúria e hipocrisia. O velho Escort de guerra, como sempre, não pegou de primeira. "Agora deve ter a ver com este frio insuportável." No percurso, novamente vejo o meu vizinho correr em disparada em direção à coisa alguma. Seu cooper matinal tem a ver com eletricidade. Se continuar vivo até o final do ano, já é uma vitória. Enfim, chego ao serviço e lá está o carro do garoto, me encarando imponente, como se estivesse me perguntando "vai afrouxar de novo, seu velho?" Percebo a ausência do novo casal no recinto. Sento, arrumo a foto do meu filho, ligo o computador e confiro os compromissos inexistentes. Meu nariz começa a escorrer. Tento sanar a falta de lenços com as costas das mãos. Não consigo. Vou ao banheiro dos funcionários em busca de um rolo de papel higiênico para aguentar as futuras horas de tédio. Lá dentro ouço um geme-geme insuportável. Um chicletes colado na borda da pia de mármore confirma as minhas suspeitas. A recepcionista é mesmo uma bela vagabunda.

Para a minha surpresa, um cliente aparece para comprar carros comigo e não com o garoto. Logo no começo do dia e com disposição: isto pra mim é novidade. Ele vem com o filho ao lado. "Deve ter passado no vestibular." Aquele senhor, que não faz parte do meu séquito de fiéis, sorri a todo o momento, demonstrando descontração e uma vontade incrível de comprar a loja inteira.

Quero o melhor carro para o mais novo acadêmico de medicina!

Mostro alguns modelos populares. Falo sobre as melhores tarifas. Falo sobre os impostos. Falo sobre a taxa de juros. Falo sobre os bancos de couro. Enfim, toda a ladainha que a gente decora na frente do espelho para enganar bem a primeira vítima que se dispuser a andar com aquele monte de lixo. Finalmente, ele me dá a deixa para desatarraxar o vulcão venenoso da minha idiossincrasia.

Acho que vou comprar um pra mim também.

Não faça isto, senhor! Digo em tom de súplica. Ele não compreende, mostra a sua perplexidade através de risinhos quase inaudíveis, até finalmente entender o fosso ao qual havia penetrado.

Você tá me dizendo...

Sim, não compre esta porcaria.

Porcaria?!

O senhor se lembra dos tempos do Opala? Ah, o Opala!

Ele me olha fundo. Uma lacuna nos separa do tempo e do espaço.

Seu nariz... Tá escorrendo.

Desculpe, senhor.

Limpo com gestos agressivos, como se arrancar aquele pedaço de carne nojento e seboso fosse a única alternativa de harmonizar a situação. Ele sai assustado. Mas antes, procura o garoto (este sim venderia bem aqueles fantasmas de metal). Acaba trombando com o meu chefe antes do sagrado ato de fumar.

Meu chefe, um homem que em outra época dividia a conta do boteco comigo (participávamos de *happy hours*, como o garoto hoje participa), possui a passividade daqueles que não compreendem a vida fora de um quadrado de escritório. É como o destino de um formigueiro bem sucedido: sejam felizes e façam a mesma coisa todos os dias. Seu único prazer talvez fosse fumar aquele cigarro longo. Às vezes eu me pergunto: por que diabos o mundo foi se preocupar tanto com os males do tabaco? Aqueles apaixonados pela lânguida fumaça não se importam com o enfisema pulmonar antes de conhecê-lo. Claro que, como todo bom apaixonado, o fumante, logo que percebe a presença do mal naquela relação amorosa (que outrora fora de amizade verdadeira), renega veementemente o seu passado. Diz que o cigarro o matou, que se não fosse pelo cigarro teria vivido e aproveitado muito mais, que foram perdidos os melhores anos da sua vida por causa daquela cinza respiração boca a boca. O ser humano é mesmo muito ingrato. Meu chefe não chegou neste ponto. Ele ainda deve tudo à nicotina.

O garoto e o meu ex-cliente conversam de forma descontraída. Riem do tempo, dos carros, das pessoas, do futuro. Resolvo que é chegada a hora de fumar o cigarro da gaveta, onde se guardam as imagens proibidas dos santos pagãos. Sinto o apetite dos vencedores. Primeiro, vou à térmica de café. Encho um copinho. Ao virar o rosto, dou de cara com a recepcionista-adolescente-vagaba me encarando com um ar inquisitório.

Você tá abusando.

Do café?

Não: do perigo.

Dou mais uma daquelas gargalhadas histéricas, feitas para afugentar o mal olhado. Ela havia falado exatamente o que eu gostaria de ouvir. "Ganhei meu dia", penso. Logo depois, como num passe de magia negra, me aparece o garoto falando baixo, sussurrando em meu ouvido a minha eterna condição de perdedor.

Tive que despistar o chefe. O cara que comprou o carro comigo tava quase indo falar com ele, bem na hora do cigarro. Daí, dei uma desculpa. Falei que você havia se enganado. Que não estava num dia bom. Que estava doente.

Onde ele está?

O chefe?

Não. O cliente.

Acho que já foi.

Corro em disparada. Precisava concluir a minha não-venda. Mas na porta apenas o meu chefe fumava o seu décimo do dia. Ele me oferece um. Recuso. Do meu nariz, sinto escorrer a minha alma.

Chego em casa com o corpo em chamas. Vou me arrastando até o banheiro. Um desarranjo intestinal fecha o meu fim de tarde com chave de ouro. Estou um caco, muito parecido com o velho Escort 89. Volto à cozinha com a intenção de fazer o meu tradicional chá dos sonhos. Mas não aguento. Minha visão está embaçada, meu corpo dói nas partes menos prováveis. Sento no sofá por alguns segundos. Meu nariz, assado e dolorido, começa a dar os primeiros indícios de maré alta. Meu filho me olha preocupado. Quase consigo ouvir a sua voz me perguntando se está tudo bem. Vou até os meus aposentos. Tiro a roupa. Visto o pijama. Abro o armário atrás de cobertas. Mesmo com todo o muco preenchendo o meu sistema respiratório, consigo sentir o odor de mofo dos panos guardados ali dentro. Estão intragáveis.

Pego o livro da minha mulher. Estou agora numa posição ideal para se adquirir um torcicolo. Abro o exemplar e uma traça cai desesperada em meu peito. Espanto o bicho com as mãos e ele foge para debaixo dos lençóis. Procuro o inseto pela cama. Vasculho o quarto. Preciso ter certeza de que ele não voltará a incomodar. Sinto enjoo. O nariz torna a escorrer. O "câncer" me sorri como um velho algoz. Dou socos em meu abdome. Meu filho observa esta coreografia ridícula da porta de seu quarto. De repente sinto uma traça despencar em minha pálpebra direita.

Ela se assusta com uma piscadela involuntária e foge. Uma outra pousa em minha bochecha esquerda. Esta, com o indicador e o polegar, eu retiro calculadamente. Em minha testa, uma terceira maior e mais monstruosa, me causa ânsia. Do meu pescoço, percebo uma ninhada esmagada pelo meu desconforto noturno. Ajeito o corpo. Olho para os meus pés. Elas, por enquanto, caem tímidas em minhas pernas. Sinto que estou sendo metralhado em câmera lenta. Olho de novo para o teto, onde havia encontrado a quietude das profundezas da mente. Um mar de traças cai violentamente na minha cara. Elas preenchem toda a extensão da minha pele. Minha expressão de horror e medo é encoberta pelo negror do conjunto de insetos, que agora buscam se acomodar em mim. Peço a Deus uma última chance. As traças me devoram rapidamente como se eu não passasse de uma enorme bola de papel celofane. Finalmente, meu filho me desperta ao me jogar um segundo copo de água. Meu nariz está coberto por uma camada ressecada de muco esverdeado. Meu pijama, úmido de urina e pavor.

a mãe

Quando eu puder me movimentar
Ele vai
Ele vai sumir e aparecer em meus braços
Em meu útero
Quando ele costurar a nova forma
De se fazer fetos
De colorir bebês.
Onde meus seios como e onde em sua cabeça meus seios?
Ele estará ao meu lado e eu estarei em todos os lugares dele.

ele

O café desenvolve os seus tentáculos de aço e me atravessa com lâminas de tontura. Volto para o centro e lá encontro mais um dos seus esconderijos. A coisa está ao meu lado e me dá as coordenadas – zero grau de pureza de ausência de amargor. No arranha céu, a cada cinco minutos de eternidade, uma mulher com a sua cara salta em minha direção. Sinto que posso ser atingido por dentes desconhecidos. Outra vez vou para a casa velha a casa que te amordaçou e te obrigou a se despir e te esconder sensualidade. Onde posso me alimentar com o sumo da sua pele – a coisa me desalinha com espasmos. Sei da música que toca nesses ambientes onde você esporadicamente mostra a cara para se esconder. Sonoros seus cabelos dão um nó em todo trânsito e uma nuvem de solidão chove em meus olhos. Novamente a coisa move as montanhas da sua ausência e me coloco à disposição de testes – dos novos remédios de encontro de sumiço de alívio para o seu teletransporte repentino. Olhos de mangá em minhas têmporas – um desenho animado agora a um palmo de distância me pede para desistir. A floresta de cactos que a cidade me impõe, esconderijos espetados com a agulha do esquecimento. Ninguém mais agora fala pelos segundos de décadas que você respira na xícara de café preto. Acordado dentro das tarifas inflacionadas da vida e de suas decepções – acordado pela coisa que me deixa transparente pela manhã. Acordado em pesadelos dominados pela coisa – a coisa escreve roteiros para pesadelos todo fim de tarde – você se esconde de assistir: como consegue? A espera gera espera gera espera – um redemoinho de esperas engole as horas homeopaticamente. Lontra encalhada chuva engasgada lápis sem ponta olho sem lágrima – a tarde passa reta por entre as pessoas. Nada de abraços nada de conversas, apenas uma pausa na razão das questões sociais e a coisa a provocar espasmos nos turistas de minha vida. Nada além de poeira querendo reviver. Caixões em labaredas escuras desenrolam mortos em danças sem cor. Rachaduras no espaço e a fissura que a coisa provoca em sua barriga – uma cachoeira de sangue em minhas costas e o último suspiro dos animais selvagens. As contas formaram um castelo de papel bem aqui na porta da frente – a coisa se comprometeu a cuidar de questões operacionais enquanto ela desenha as formas novas da sua existência em minha pele. Não quero carinho pare de dar carinho à coisa pare de se despedir da coisa com carinho pare de se despedir. Não há gesto mais irritante do que a sua despedida e saber que ela não significa nada para a constituição para a alimentação para a circulação azul da coisa para a sede azul da coisa. Você sorri como se soubesse da falta de águaafeto que a coisa sente ao olhar para os seus dentes de navalha – você corta os tendões dos afetos com estas despedidas anódinas. Você quer que a coisa seque e se estilhasse dia após dia do meu prédio, em câmera lenta em queda livre em rapidez e solidão e lentidão alternadas para o deleite da sua despedida hipocritamente calculada nas máquinas de moer orgulho. Então eu me lembro – me lembro por que larguei a província mofada dos seus sonhos antigos e volto a ser engolido pela coisa para me refazer em outro lugar onde as tvs gargalham e me colocam na esteira da inércia. Volto ao banheiro e encontro todos os espelhos no espelho trincado – você não reflete, apesar dele estar apontado de alguma forma pra você. Agora a minha cabeça estoura. Agora minha cabeça martela. Agora a minha cabeça cabeçada na coisa em você nas paredes entre você e a coisa. Agora os pássaros bicam com seu canto a coisa a minha cabeça e você entre o grito e o sussurro de qualquer ausência. Dentre as bitucas de cigarro reconheço o sorriso do porteiro ao reconhecer a minha solidão de sempre. Vou diluindo-me pelas ladeiras tortuosas desta cidade que é de mármore mole que é de mármore movediço. Recobro as forças para abraçar a coisa em padarias sem fundo – lá onde se vende o líquido dá seu sumiço. A coisa me olha de lá – daquele prédio em construção e ela me pergunta com suas mãos de coisa para onde devo ir para onde você vai para onde as pessoas e suas coisas se escondem. Há este sexo sem dimensão dos filmes da madrugada há esta imagem de plástico que a coisa insiste em me submeter. Sons e gostos de frutas secas – lá onde os animais se afundam nas imagens sem fundo. As mãos a semear a terra das raízes da coisa submersas em imagens nas imagens movediças nas imagens de buraco. De buraco negro. Sou sugado pela coisa e acordo sempre em outro território. Agora com a altura de uma formiga passeio pelas fretas da sua casa e reconheço seus insetos. Dou oi para eles e de uma maneira estranha finalmente me sinto em casa. Mais em casa do que em minha própria casa. Há quantos séculos passei hoje no banheiro tocando as minhas primitividades fugindo da coisa por entre os rejuntes dos azulejos amarelados? Não há dispersão só um ar seco e empoeirado a raspar por sobre as mandíbulas. Máculas de máculas de máculas sem cor – um ferrão invisível, os nós da dor se desatando. Conto os grãos a pavimentar o piso desta tarde – são tantos – possuem a cara do infinito – é por eles que a coisa sorri do prédio da padaria do ínfimo do piso da sua sala das ruas mofadas das ladeiras tortuosas das cores perdendo suas cores. E a página como num disco de newton de ossos petrificados me desalinha com suas juntas com suas articulações barulhentas. As tomadas me encaixam as tomadas me recebem sou alimentado por eletricidade e aqueço as turbinas da coisa neste encaixe sem lados. Terremotos formam o espírito da coisa – um terremoto sem chão. Você sabe para onde vão as asas da coisa nesta tarde? Você reconhece as asas lisas e transparentes da coisa? E estes compromissos flutuando na palma da minha mão. E estas rugas ao redor da espera. Fujo dos vendavais provocados pela coisa, embora ela direcione seu olhoredemoinho em minha direção. Então os visores que nos tomam a atenção diariamente são agora os olhos da coisa e de seus tentáculos plasmares. A coisa olha nos tocando – não percebemos, sentimos apenas a sensação de esconderijo. Consumo todo o açúcar

da casa afim de esgarçar as fronteiras das pupilas. Logo sou acometido pelos socos da coisa e por seus olhos de visor – logo sou tragado pela escuridão da sua ausência. Sinto os suores e óleos da sua pele empapados em minhas narinas – meu pulmão se reveste destes cheiros. E posso sentir o romã da sua boca escorrendo em minha barba. Agora este assassinato em gomos. Agora esse assassinato de adeuses. Agora a sangria de deuses entre uma coisa e outra. Sua mão é a poluição que respira. Seu aceno é minha alergia. Nunca a maturação do sistema respiratório da coisa, nunca o piso de madeira rachada da coisa em escalas de passos tão bem delineados – a dança da sua ausência possui métrica de turista. Os esfregões da consciência deslizam pela sua respiração fantasmagórica. Cascas enrugadas e esverdeadas e plasmadas e gosmentas e solidificadas e pastosas e movediças no ar da coisa em ondas sondoríficas soníferas soporíferas carnívoras. Coagulação homeopática de sensações. Caramujos e seus rostos larvas e pus em gotas. Simi-
lelúgubrechamadeacenderacoisaemramosemgalhosemcha-
gasemchavesdelugaresdeladaresdestiladoschuvinaschave-
noschopeloscatenascarvenaslataslumbresligadoslápides-
coisaemcoisacoisacoisaemcoisanomesnúmenoslâminas-
chinfrapúlpitoscarmemcoisacoisacoisacoisa. E um rio de calefações a rodear você. A queimadura infinita da linguagem da língua da coisa-língua em mim em nós nas ausências dos nós. A brasa que queima ritmada por entre os dedos. A solução inodora de filtros entre a coisa e a coisa. A coisa vem em cambalhotas e desdobra coisa e arrota coi-

sas e pisca coisas e peida coisas e fala coisas e diz coisas e permite coisas. Agora este vazio espinhento – a tarde cuspindo espinhos em meus olhos. Cadernos de vazios esbranquiçados de cigarros apagados pelo ar da tarde espinhenta. Comida de vento de solaridades sem fim – aqui, no estômago da coisa sem fim. O piso escorregando almas, poeira de solidão entre os dedos pela floresta do nariz no banho de saliva matinal – a arte de não se mexer de não fechar os olhos e enxergar a escuridão da coisa. Prédios que desabam na boca da coisa, asfalto abrindo a boca da coisa, e um sorriso de pedra em todo lugar que passamos – nós os fantasmas da coisa. O que amarra coisa em minha barriga, o que escorre brilhante do meu umbigo, o que transtorna os sentidos da sua ausência? Pele sobre pele sobre pele e a coisa rostificando fumaças e odores. Dentro da área de serviço, a coisa úmida flanando limpeza por dentro do meu intestino. Rasgar rasgar a coisa quer rasgar o celofane das ausências – ela quer a carne na nossa marmórea ausência fantasmática. Luzes de visores acendendo – a coreografia dos visores, a coreografia dos olhos da coisa há milhões de galáxias de distância e bem aqui na minha frente. Chuva de luzes de visores dos olhos da coisa bem aqui na minha cabeça atravessando os meus neurônios. O filamento luminoso amarrando júbilo em minhas pernas. As cordas dos pelos da minha perna amarrando e soltando a coisa como se soltam peões como se soltam pipas como se atira um outro pela janela do vigésimo andar. Latas vazias o corpo da coisa em latas vazias – em falta de alimento, no início da fome. Ralador de angústias – a respiração da coisa. Pés sem corpos, pés decepados, pés esperando pelo seu corpo para finalmente andar – são os milhões de pés da coisa. Cerúlea coisa derretendo branca no tempo lento das tardes sem sentido. E a madeira trincada a louça trincada o céu trincado. Desato os braços do infinito enrolando as suas ausências nos dentes. E os dados do jogo sem regras da coisa são jogados no seu peito ou no ar que desenha a ausência do seu peito. São tintas que desaparecem no próximo segundo as tintas da coisa que desaparecem no próximo segundo, no próximo próximo próximo ao próximo. Luvas do tempo perdendo o veludo – terra no momento da lama terra virgem no momento da lama. Litros de lava de sangue fervente explodindo em minhas unhas. A coisa e seu vômito – o nada da sua falta de corpo da sua falta de carne faz a coisa explodir ejacular a alta temperatura da falta de existência.

o casal

Devo permanecer calada por alguns minutos, é isto o que diz a minha intuição. Então me calo e uma pausa se alonga pelas arestas de silêncio que a noite trás. Sinto um frio esquisito, que se manifesta de dentro pra fora. Meu suor escorre espesso. Uma queimação na região da testa me faz procurar um copo d'água. Vou em direção a cozinha (um dos poucos percursos a minha disposição durante um dia fritando no purgatório). A impressão que tenho é que ao menos um assunto foi resolvido e que poderíamos ser felizes com as nossas carteiras de cigarros e as nossas possibilidades de acender cada um daqueles cigarros. Ele também sente isto. Há em seu conjunto de gestos um clima de capítulo pronto. Bebo dois copos d'água rapidamente. Ele passa um tempo olhando pela janela, como se o movimento da rua fosse um programa de tv, ou um quadro que merecesse muita atenção. Encosto a palma da mão em seu ombro. Ele retribui dando um leve tapa em meus dedos. Me beija a boca, não com um impulso sexual, mas sim como uma demonstração de afeto, ou melhor, de cumplicidade. Ali, agora parados, dois cúmplices da existência do caos.

Sinto o cheiro do xampu de quando a beijei pela primeira vez. Aquilo me entorpecia e, até certo ponto, me dava esperanças. Não qualquer esperança. Uma esperança deformada, como se algo estivesse ausente na fórmula dos acontecimentos.

Não me deixe sozinha.

Você não está sozinha. Seu desespero tem a ver com sede. Abraço a minha companheira de inferno com força e choro sem emoção em homenagem a tudo que perdi nos últimos anos. Choro principalmente ao amor que eu sentia por ela. Um amor hoje sem forças para provar mais nada. Ela não percebe o meu descontrole. Chamo de descontrole por saber que aquele momento é mais relacionado a um distúrbio incontrolável do meu organismo do que com romantismos e ideais. Será que tentamos roubar a perua de novo?

Ela anda acusando o porteiro.

Ótimo, melhor pra gente.

A gente não devia pensar assim.

Temos que pensar rápido. Praticidade era a palavra que me vinha na cabeça. Organograma, hierarquia, lucro líquido, lucro bruto.

Será que não dá pelo menos para fingir que se importa com alguma coisa?

E você? Finge?

Eu me importo com a gente... Já não basta?

Ok, já entendi o recado. Vamos voltar à realidade.

Não gosto quando você me trata como uma estúpida.

Dá pra se acalmar?

Dá pra parar de me pedir calma.

Tudo bem. Se você não quer, tudo bem. Você parou de usar/

Você sabe que não.

Por causa da criança? Do filho que tem na sua/

VOCÊ NÃO SABE DE NADA!

Pra que tudo isto afinal de contas? Pra que este descontrole? Se eu pudesse acalmá-la a tapas. Não teria coragem de encostar a mão nela. Isto teria mais a ver com pena ou com amor?

Vamos roubar o velho – está decidido.

Você sabe que o velho não dá. O velho é complicado.

Ué? Por quê? Ele é só mais um vizinho.

O filho dele. O filho dele não é normal.

E daí?

Eu conheço ele mais do que você imagina.

Teve um caso com ele?

Não gosto de mexer com eles. Eles têm problemas demais. Não quero incomodar. Fora que o velho apareceu aqui estes dias, esqueceu? Opa, uma oportunidade ótima para cutucá-la. Ponto pra mim. Lembra que ele veio aqui para conferir a merda que você tinha feito com o encanamento do prédio?

Se quiser, eu vou sozinha assaltar o velho.

Tem tantos andares. Vamos escolher um outro.

Este é um prédio fantasma, esqueceu? Muitos andares, poucos moradores. Só existem a velha e o velho. Os outros/

Há outros. Tenho certeza.

A não ser que você queira assaltar o porteiro?!

Tento materializar um pedaço do meu passado para adquirir alguma motivação de fala. Lembro o tanto de tempo que eu não ia a um *fast food*. As festas nessas lanchonetes eram as melhores. A alimentação, a comida gorda que eles servem nestes ambientes é a melhor. Poderia viver comendo aqueles hambúrgueres temperados. Poderia viver tomando Coca-Cola e engolindo batatas como quem corta a grama de manhã. Ele era meu amigo, digo tentando disfarçar toda a carga que aquela frase representava para mim.

De quem você tá falando?

Ela não se importaria. Então, confio na capacidade que eu ainda tenho de não falar sobre determinados assuntos. Apenas rumino, imagem por imagem da minha infância. A gente se afasta tão fácil das pessoas. Todos nós tínhamos esta impressão nos olhos de quem acredita no homem e em suas virtudes. Ele acreditava. E agora, pensando bem, parecia acreditar mais do que os outros. Sua maneira de falar era quase adulta. Acho inclusive que ele começou a falar e ler mais cedo que todos os seus colegas. Acho que virei amigo dele por causa disto: por causa da sua eloquência. Nós procuramos o que não somos nos nossos amigos. Sempre procuramos. E procuramos também o que eles poderiam ser, para que nós sejamos igualmente bons num futuro próximo. Mas deu tudo errado, amigo. Não somos nada. Somos iguais a um montinho de areia no fundo do oceano. Onde iremos parar? Quem irá nos deter? Será que você ainda me considera seu amigo, ou guardou para sempre a mágoa dos que não possuem a devida atenção? Não consigo lembrar quando me tornei amigo daquele monte de silêncio ambulante. Lembro apenas da época em que parei de falar com ele. Em que o desprezei, com a frieza absurda que as crianças aspirantes a adultos possuem. Eu não estava do seu lado, naquela maldita festa, naquela maldita lanchonete. Tudo bem, vamos assaltar o velho.

o velho pai

O carro do garoto está ali brilhando ao sol do meio dia. Ele me dá aquele "oi" imbecil. Ele me irrita. Ele é do tipo "vencedor". Deve ter ganhado troféus na infância. Seu pai deve ter acompanhado todos os jogos. Todos os desafios. As lutas de karatê, o basquete, o futebol, o vôlei, o handball, o pólo aquático, o xadrez. Campeonatos disto, daquilo. É um bom menino, afinal de contas, daqueles que merecem ser afagados como cãezinhos domésticos no final do dia.

Aquela vaga é minha, garoto.

Mas não existem mais vagas privativas... Você não lembra?

Tira a merda do teu carro agora da minha vaga.

Meu nariz começa a escorrer. Aspiro numa só tacada todo o conteúdo do meu pulmão prejudicado e cuspo uma massa viscosa de muco amarelo ao lado do seu pé direito. Imagino em minha cabeça um escândalo. O garoto quebrando todos aqueles carros horríveis em função do meu esquartejamento. Finalmente, em minha cabeça, transparente feito vidro, o desgraçado mostrava a cara, sem pudor algum. É disto que eu gosto, garotinho de bosta: um pouco de franqueza em meio às máquinas artificiais do futuro. Por que você não me enche de porrada agora mesmo, hein, filhinho do papai? Desta vez a minha risada histérica saiu espontaneamente. Poderia acender dois cigarros neste instante. A virose foi deixada de lado num segundo de inspiração. Um segundo mostrando ao garoto como se faz. Ele não falou uma só palavra. Só tirou o carro, resignado. Finalmente a vaga de idosos era minha.

Vou até a térmica para iniciar a sessão "pressão alta". Tomo três copinhos de uma só vez. Na mesa de trabalho, um aviso: "venha até a minha sala imediatamente." Meu chefe, claro, não falaria sobre os velhos tempos da concessionária, exaltando a época em que se vendia o carro mais elegante dos anos 70: o Opala. A minha demissão era certa. Ninguém mais botava fé na minha saúde mental. Mas eu sabia exatamente o que estava fazendo. O que seria de mim sem aquele amontoado de lata inútil e da minha habilidade de mantê-lo bem longe da sociedade? De qualquer forma, despistei ao máximo o momento decisivo. O momento de encarar o meu ex-camarada-colega-de-trabalho frente a frente. Percebo que é chegada a hora do ritual. Ele sai e acende um de seus cigarros longos. Eu me escondo atrás da tela do computador. Saio de fininho. Vou até os fundos da loja. Procuro no bolso a varinha mágica de nicotina. Havia esquecido na gaveta.

O garoto me olha como se adivinhasse todo o roteiro de ações ao qual eu seria submetido. Mostro o dedo médio para o infeliz. Ele vai até a recepcionista. Fala alguma coisa em seu ouvido. Olha novamente pra mim de canto de olho. Pega na bunda dela e sorri um sorriso nojento, como se eu pudesse sentir a sua saliva espirrando em meu rosto. Inicio o jogo de paciência, mas o computador trava repentinamente. Volto à térmica de café. O chefe grita. Vou até a sua sala. Falo que não estou passando bem. Arfo insistentemente. Ele parece compreensivo. Já está no final da tarde. Ele precisa encontrar a mulher, os filhos. Ele precisa fumar o seu último cigarro. Ele compreende a minha situação. Ele compreende a minha falta de perspectiva.

Amanhã a gente conversa. Vai pra casa descansar

Obrigado. Falo num tom quase angelical.

No percurso do trabalho até o apartamento, choro feito uma criança perdida.

Em casa, sofro das sequelas da virose no sofá. Coloco bem alto a televisão com o intuito de abafar os sons irritantes que meus vizinhos fazem ao tentar matar um ao outro. Na verdade, o barulho era mais insistente do que o normal. Ligo para o porteiro.

O que está acontecendo? Uma guerra?

Não, é que eles estão fazendo uma reforma no apartamento... Estão quebrando uma parede.

Quebrando uma parede? A esta hora?

Minha cabeça começava a prestar a atenção apenas nas marretadas incessantes que o casal do crack dava nas paredes de seu humilde lar. O que eles pretendem afinal de contas? Depois de alguns minutos tentando abstrair os ruídos da reforma, vou para a cozinha fazer um chá dos sonhos. Minha cabeça lateja.

Volto para a sala e percebo um bolsão de umidade descendo pelos vãos da textura floral. Ligo novamente para o porteiro. Ele diz que não há motivos para isto acontecer e que terá que investigar o assunto. Vai até o meu andar e faz uma revista no ambiente. Vê se há algo suspeito nos banheiros, na área de serviço. Confessa não entender nada a respeito de tubos e conexões. Promete ligar para o encanador logo de manhã.

No dia seguinte, o encanador chega com sua equipe composta por dois filhos adolescentes. Fazem uma nova investigação para ver o que se sucedia.

Tá feia a coisa, hein, doutor...

Uma poça d'água suja havia se formado logo abaixo da goteira monumental na divisão das paredes da sala.

O pior é que se não resolver isto logo, a rede elétrica pode ir pro saco.

Sem televisão eu não fico, pensei. Meu filho, o silêncio em pessoa, interrompe a conversa, com um sanduíche em uma das mãos. A família de encanadores está sem entender nada. Ele aponta insistentemente para cima.

Filho? O que você quer dizer com isto? Começa então uma bateria insuportável de sons desritmados. Ah, os vizinhos... É que eles estão em reforma.

Acabaram com o encanamento, doutor.

O encanador-pai chegou rapidamente a esta conclusão, já rumando para a porta da frente.

Vamos tirar isto a limpo.

Chegando ao apartamento do casal, tocamos dezenas de vezes a campainha. Eles devem estar surdos de tanta marretada. Primeiro ela, de camiseta surrada e calcinha de algodão.

O que vocês querem?

O encanador-eficiente responde de chofre. Quero falar com o responsável pela obra.

Que obra?

A reforma que vocês estão fazendo. Me apressei tentando ter uma participação no embate.

Não tem obra nenhuma.

A garota rapidamente foi fechando a porta. Pus o pé para que isto não acontecesse.

Tem uma baita goteira lá no meu apartamento... E eu sei que vocês estão quebrando as paredes.

Espera só um pouco.

Ela então gritou, chamando pelo namorado, o viciado em pedras. Ele veio sem camisa, vestindo uma calça jeans rasgada. Sua magreza era assustadora.

O que tá acontecendo?

Só precisamos ver onde é o vazamento. A eficiência em pessoa, agora, tentava acalmar os ânimos dos condôminos.

O rapaz entrou na onda. Todo drogado tem, no fundo, um bom coração, pensei.

Entrem, ele disse, com uma consideração que há tempos não precisava ter por ninguém.

Ao entrar no apartamento, um cheiro de urina pairava por todo o ambiente. Moscas rodavam a sala, em busca do que fazer dentro daquele parque de diversões recheado de lixo. Logo de cara, percebemos que de fato a culpa de todo o problema hidráulico que acabaria com a parte elétrica do meu apartamento (me privando, deste jeito, de assistir televisão), era do casal a nossa frente. O lugar parecia ter sido bombardeado pelo exército norte-americano.

Vocês estão completamente malucos? O que os teus pais vão dizer sobre isto? Falei para o rapaz que, na claridade, mostrava as marcas do vício no rosto. Um olhar negro parecia ser o início da sombra que se formava densa por toda a sua silhueta.

É que a gente queria aumentar a sala... Transformar numa coisa só.

Por que foram quebrar o banheiro então? Pergunta indignado o encanador.

Desculpe, a gente só queria espaço.

Sabe há quanto tempo eu conheço o seu pai? A sua família? O que acontece com você? Não resisti e falei tudo o que vinha na minha cabeça.

Por favor, não nos julgue. Podemos consertar o erro.

Como? Como vocês irão pagar por isto?

Antes de sair, demos uma última olhada por dentro, para ver se havia mais algum detalhe sórdido. O banheiro era o que estava pior. A privada, provavelmente entupida, vazava merda humana impunemente. Na cozinha, uma caixa de pizza mofada contribuía para o mau cheiro que prevalecia ali. A fumaça dos cigarros que os dois fumavam compulsivamente tornou-se o oxigênio do clima pós-apocalíptico nos escombros que em outros tempos teria sido o lar de uma família de classe média. Agora, apenas o sorriso quebrado daquela "menina" de trinta anos – exatamente a idade do meu filho.

Querem um cafezinho? É de ontem à noite.

a mãe

Por que sou ele nas horas de silêncio
E nos vãos das frases que atravessam a sua cabeça.
Sou ele na medida dos apartamentos abandonados
Sou ele na sacada vazia
Nas folhas em branco
No vento que se alimenta de objetos leves.
Quando ele começar estarei pronta
Mas não estarei aqui
Não estarei em lugar nenhum.

ele

Uma abelha morta na sacada – patas cruzadas, cinza como uma foto em preto-e-branco. Esse ponto levado pelo vento – a morte levada pelo vento. Redemoinhos cruzam o céu da sua ausência, o berro da coisa faz trovejar em nossas cabeças, as distâncias perdem o sentido, tudo agora se amontoa numa densidade espantosa, um furacão arrastando casa e uma chuva, a incontinência urinária da coisa, acabando com colheitas – uma grande piscina avermelhada a se formar entre mim e a coisa, e uma certeza falsa falando - você jaz no fundo, junto com outros seres nascidos das partes da coisa. Sons de aves mortas. Sons de árvores mortas – lá onde se esconde o pântano da sua ausência e onde dorme a coisa embrulhada e cascas e esqueletos pulverizados. Lá onde o calor da coisa criou braços e dançou o vácuo da sua ausência aqui na minha frente. Onde jogo os dentes em busca de alimento para a coisa e percorro os abismos a procura do estômago da coisa. Quero ser mastigado e engolido – quero ser a sua ausência do estômago da coisa. E os passos lentos de uma flor desabrochando em teus seios. Procuro sim o estômago da coisa para enchê-lo de lágrimas secas – onde desenhar os fantasmas vestindo a sua roupa? Onde percorrer os bairros da sua infância e criar os amigos que te salvaram do tédio? A coisa arrota lembranças em meus ouvidos. O que será a verdade no intestino da coisa? Aquilo que ficou preso em suas unhas de arrancar e arranhar escombros? Sonhos de poeira aqui nos pelos da minha barriga – o holograma da sua dança aqui nos pelos do meu pau e a coisa sorrindo a um palmo de distância da minha ereção – sons femininos de risadas em todos os vizinhos de todos os vizinhos. Chuva e acidez nas costas – a poluição em chamas. Agora nada neste aquário de solidão enquanto atiro nas nuvens – enquanto promovo raios e salivo tempestades. As sacolas de mágoa balançando nas fachadas das casas da rua que nunca existiu – debaixo do seu queixo, entre o bruxismo da coisa e o seu bocejar. Luzes da cidade piscam os seus olhos. Eles me sinalizam a queda – pulam de todos os prédios ao mesmo tempo e encontro os milhões de braços da coisa. Nunca mais – ela diz. Nunca mais o cheiro de perfume dela por ela nunca mais o gosto da primavera por ela nunca mais a pólvora da manhã. Ligo o gás das estruturas e acendo os cigarros das cigarras – vagalumes sobrevoam minha morte e as brasas de rancor se dissolvem em sementes vermelhas – as pétalas da sua língua desabrocham no meu banho no encontro entre o quasar e o brilho da estrela falecida em minha falta de liberdade. A coisa nos saúda – ela carrega a liteira de fetos que se arrastam para o precipício do seu silêncio. As moscas varejeiras traçam o seu voo rasante e mastigam a minha cabeleira. São luas explodindo ao seu redor e a coisa engolindo invernos. Sondas por dentro sondas por dentro sondas. O barulho da britadeira apontando sua cabeça para mim e um estrondo de borboleta a triturar meu cérebro. Julho estarei aí agosto estarei aí dezembro me encontro em você. Os cadernos estão entupidos como os canos como os túneis como os ônibus como os planetas se expandindo. A coisa dorme acordada em você – seu vazio tem sabor de frio e as costas as costas suam entorpecentes. O resto é pele a pele a polpa da pele usada pela solidão – um rasgo por dentro da solidão e uma crosta de açúcar queimado – da cor dos olhos da solidão. A coisa sabe a coisa se alimenta a coisa rumina o rosto doce da solidão e a coisa sente em cada uma de suas línguas o azedo do final de tarde. Não existem poções – não existem tônicos. Só um esmero em sumir em cada pingo de imagem que aparece diluída na minha frente. Raros os dias da coisa a coisa não tem dias a coisa não escolhe dias a coisa pertence a alguns dias.

o casal

Que horas o velho sai?

Não sei. Ele é bem previsível. Trabalha o dia inteiro e só volta à noite. O filho é que fica lá.

Bom, o filho é mudo, até onde eu sei.

Mudo, mas inteligente. Então...

Então? Ele novamente utiliza o seu tom professoral para me chamar indiretamente de burra.

Então teríamos que usar máscaras. Para não correr o risco de ele nos reconhecer. Aquelas suas máscaras de palhaço. Você guardou em algum lugar. Ela brincava de filme de terror com aquelas máscaras, na época da inocência. Filmávamos aquilo feito duas crianças do primário. Na época em que não devíamos explicações para ninguém. Hoje também não devemos. Mas logo irão cobrar. Na verdade, eu peço a Deus que alguém nos cobre explicações urgentes. Redentoras. E teríamos que passar um tempo fora.

Um tempo fora?

Sim... Por dedução, eles iriam saber que nós somos os bandidos, certo?

Eles são velhos.

Você não conhece o velho. Além do mais, os dois iriam se unir para acabar com a nossa raça. Eles chamariam a polícia... Enfim, a gente podia ficar um tempo na casa da sua mãe e/

Ah, agora a minha mãe serve?!

Sabia que ela diria algo assim. Preciso restabelecer o controle e continuar o meu raciocínio. Estava claro que a velha aqui do prédio, no mínimo, chamaria a polícia. Não sem antes torturar o velho porteiro até as últimas consequências. Sua mãe nos daria abrigo sem perguntar nada. A gente fala que o apartamento está em reforma e/

Tudo bem, você está certo, não podemos arriscar. Minha cabeça começava a doer. Odeio dores de cabeça. Quando isto acontece, prefiro que resumam a ópera, ao invés de me explicarem as consequências do fim dos tempos. Pausa longa. Ele espera um preenchimento no formulário dos assuntos. Seu pai já está uma fera com você, não precisa olhar pra mim com esta cara. Já não sei o que digo. Desculpe. Ah, como tenho vontade de dizer que te amo e que largaria tudo para ficar com você, mas eu já estou com você, já estou tendo planos com você, e é isto que importa. Os nossos planos existem e precisamos alimentá-los com alguma coisa, calhou de ser com algumas pedrinhas de crack. Tudo bem, eu não falo mais do seu pai, já estou pensando em outro peso para tapar o buraco da conversa. Não quero estragar este momento, que é sempre o nosso momento, o momento de reaproximação, o momento em que sinto mais intensamente que estamos juntos, lado a lado, em prol de alguma coisa que já não importa, o que importa mesmo é a união e a vontade filha da mãe de fumar. Podemos ir?

Ele está em casa, esqueceu?

Não... Digo, podemos fumar um pouco agora?

Tenho que arranjar um bagulho antes. Não temos mais nada. Nada. Estamos quebrados.

Troca por alguma coisa. Sei lá, tem tanta coisa de valor aqui. Ou, enfim, pendura. Fala pro cara que você paga daqui a alguns dias. Daí a gente assalta o velho e pronto, pagamos o cara. Era tão simples aquela operação, como é que ele não percebia? A simplicidade daquilo suspirava a palavra sangue nas artérias em brasa do meu corpo. E os arrepios que eu sentia, me transformavam na pessoa mais sagaz deste mundo.

Não sei se é uma boa ficar devendo para esse tipo de gente.

"Esse tipo de gente"?! Parece até que o cara é alienígena. Ele caga? Peida? Mija? Então é gente como a gente. Sim, eu era a pessoa mais inteligente do planeta naquele instante.

Quanta bobagem. Estou falando que ele, diferentemente da gente, seria capaz de matar uma pessoa. Ficar devendo para um homem que tem a capacidade de matar não é uma boa.

Mas ele é teu amigo, oras. Nada me vem na cabeça. No fundo, ele já estava pensando na possibilidade de ficar devendo para o traficante, mas eu queria ter certeza, ou melhor, o meu organismo queria ter certeza de que sim ele faria tudo para conseguir uma pedra.

Tudo bem, então. Eu volto já.

Espera. A velha deve estar na espreita ainda. Aguenta um pouco.

Imagine. A velha já era. Já deve estar em casa, vendo novela com a netinha mais nova. Curiosamente, ela procurava algum motivo para que eu não fosse. Seu instinto lhe dizia que o melhor era eu ficar ali, dando a certeza de que ela não morreria sozinha, em meio ao mofo que se instalara naquela cova nojenta.

Me abraça. Vai, me abraça. Precisava me controlar. Precisava acreditar que o destino seria mais uma vez bondoso comigo e me traria algumas pedrinhas de presente de aniversário.

O que aconteceu? Embora ela chamasse o conjunto dos

sentimentos que tinha por mim de amor, eu insistia em ver nela um aliado, o último aliado, aquele que, embora não aguente mais as torturas da guerra, fica, só pra ter a oportunidade de abater mais um inimigo em nome de qualquer coisa relacionada a ego. E isto é muito. É preciso se ter uma consideração fodida pela pessoa para se confiar tanto assim nela, em meio aos últimos e barulhentos segundos do apocalipse. Tudo bem, amor, agora preciso ir. Vou pegar o bagulho pra gente, lembra?

Eu sei, eu sei. Uma imensa pausa se faz presente. Ah, eu tenho pânico de perder o seu amor (ou, melhor dizendo, aquela sensação de apego e segurança que a gente possui logo quando estabelecemos um cúmplice, um alvo e uma esperança personificada em ilusão e medo da ausência). Eu sei que ele existe, o amor, de baixo desta capa escura de solidão e derrota. Como a gente se machuca à toa. Sempre ouvimos falar que no fundo as coisas são fáceis de se resolver, e afinal de contas, o que temos, além dos nossos corpos magros e fedidos? A verdade é que eu gostaria de ficar abraçada em você. Pra sempre, lembrando de como a gente era feliz, mesmo nos momentos desinteressantes, mesmo nos momentos em que a nossa patética vida ficava evidente para os outros, Deixa eu ficar mais um pouco abraçada em você, amor. Deixa eu ter a impressão de que eu consigo, por alguns segundos, cuidar de você, da gente, da nossa história.

Não vou demorar. Vou e volto num segundo.

Cuidado. Quer que eu vá junto?

Do que você está falando? Começava a encenação cafona de quem acha que deve explicações ao outro. De quem acha que deve demonstrar preocupação extrema com o outro. De quem acha que deve se passar pela mãe do outro

Não tenho medo de te acompanhar. Já te acompanhei tantas vezes. Tantas vezes entrando e saindo do limbo, da sala de espera do purgatório. Tantas vezes fugindo de nada, seguindo o fluxo de sensações que nunca nos respeitou, que nunca teve tempo de nos respeitar.

Sair com ela era mais perigoso do que sair sozinho. Seus últimos resquícios de beleza física atraiam um grande número de tarados e malandros do centro da cidade. São tantos problemas que é muito difícil pra mim não me irritar com aquele convite travestido de delicadeza. E, de qualquer forma, já estava rodado na parte histórica daquela província cinza. Eles me reconheciam. Os que não me reconheciam me deixavam transitar sem maiores transtornos, já que a minha aparência estava entre o "acabado inofensivo" e o "desesperado consciente".

o velho pai

No caminho para a concessionária, o "câncer" dava sinais de que não me abandonaria tão cedo. A dor, a pressão, os resquícios da gripe, me colocavam dentro de um buraco de angústia e ansiedade. O carro, já sem fôlego algum, morreu umas três ou quatro vezes antes de chegar ao centro de tédio que me consumiria durante toda tarde. Obviamente, na minha vaga, vejo o carro do garoto. Aquele excesso de lata desprezível. Paro o velho Escort 89 bem na traseira. Logo depois, saco a chave pontuda e levemente enferrujada e risco de cabo a rabo aquele objeto vaidoso de tão detestável. Então, marco para sempre, com letras garrafais, a imprudência imatura daquele desgraçado juvenil. Escrevo - "filhinho do papai". (tudo bem... Eu não chego a escrever "filhinho do papai", mas fico com uma vontade animal de fazer isto. Apenas risco aquela merda de veículo. Risco com vontade). Entro na loja com a disposição de um leão de circo que planeja esquartejar seu dono. A recepcionista começa a rir da minha cara.

Chegou tua hora.

O garoto me olha com um olhar rasteiro, de quem não se intromete na conversa dos mais velhos.

Filhinho do papai! Grito para o infeliz, na esperança de que ele se descontrolasse de repente. Rio com uma histeria escura, própria dos demônios perdidos na terra. Meu chefe não está fumando.

Onde ele está? Perguntei para a recepcionista.

Não é da sua conta, velho.

Ela mascava aquele chicletes com uma insistência de britadeira. Deixa esta vaca pra lá, pensei. Não poderia deixar tudo a perder por tão pouco. Não sei quem foi o filho da mãe que começou com a história de que um homem não pode bater numa mulher. Se eu pudesse, chamaria aquela piranha pra porrada. E arrebentaria aquela boca entupida de batom e vulgaridade.

Vou até a sala principal e nada. O rapaz da limpeza gentilmente me informa o fato: a mulher do chefe havia falecido, vitima de um câncer. Cigarro, eu suponho. Poderia ficar passeando pelos escombros da angústia sem me preocupar com as vendas e as não-vendas. Poderia sair dali, no meio do expediente, com a sensação de que não seria demitido. Vou até a térmica, tomo um copinho e me despeço silenciosamente daquele lugar. A recepcionista insiste em rir. Ri sem motivo algum. O garoto, não olha para os lados: trabalha incessantemente num relatório, ou algo do gênero. Na saída grito "ei, garoto", ele olha pra mim com um ar perdido. Mostro lentamente o dedo médio para aquele coitado e falo sílaba por sílaba "filhinho do papai".

No caminho para casa, resolvo me dar um presente e vou até a zona do centro, da qual sou frequentador fiel, para matar um pouco as horas. Ali, encontramos um lugar discreto, que pode ser confundido de longe com um escritório de contabilidade. Na fachada, resquícios de uma época perdida, como uma varanda estilo art nouveau com incrustações em pedra. Lá dentro sou ciceroneado por uma das cafetinas mais velhas da região. Aquela casa, aliás, existia há, no mínimo, uns quarenta e poucos anos. Meu pai me levou no período em que eu começava o casamento. A senhora a minha frente, hoje mais ou menos com a minha idade, era a sua garota de programa "oficial". Ela sempre se lembrava do velho com carinho, por mais constrangedor que isto fosse para mim.

Quanto tempo! Ela diz, com seu costumeiro uísque nacional, com exatamente três pedras de gelo. Temos esta menina aqui. Ela pega uma tímida garota pela mão: dezoito anos no máximo. Diz que é o mais novo investimento da casa.

Hoje eu quero duas.

Que extravagante. Você não vai se arrepender

No quarto, um cheiro de vagina suada misturado com perfume-sabonete-Lux impera em meio à neblina de um cigarro ainda aceso no cinzeiro da mesa de cabeceira. A garota mais velha começa a tirar a roupa. Seu corpo, embora possuísse as cicatrizes de uma vida marginal, ainda protegia os traços de uma beleza interiorana. Nas costas, uma tatuagem de tigre desbotada era o aviso de que ela seria para sempre uma puta. Passo a mão pelo seu corpo e sinto a aspereza de sua pele abatida. Herpes zoster, penso. Começo a beijá-la desgovernadamente. Chupo seus peitos, como se ali fosse o último refúgio de um homem arruinado. Enfio os dedos por entre as dobras da calcinha de lycra, e meto a língua em seu ouvido. Ela ri e começa a me masturbar.

Vem aqui que eu vou te ensinar como é se faz. Ela puxa bruscamente a mais nova. Antes você tem que chupar. Com muito carinho. Começou então a engolir o membro mole, que não se armava a endurecer sob qualquer circunstância. Agora é a sua vez.

A mais nova, de uma forma delicada e ingênua, começa o trabalho. Sinto uma leve ereção, ao imaginar a primeira vez em que colocaram a boca ali, numa festa de faculdade.

Dá umas lambidas, fala entusiasmada com o desempenho de sua aprendiz. Isto, de leve, meu bem. De leve.

Finalmente, ela senta em cima de mim como uma profissional pós-graduada em sacanagem.

Agora eu quero um beijo. Na minha boca. Diz a mais velha.

A jovem, cansada de tanto sobe e desce, começa um trote devagar, enquanto a mais velha grita "não para!". Ela torna a rebolar descompassadamente. Eu, embora fizesse um esforço para apreciar a cena, não entrava no clima erótico das duas. Meu pau não endurecia o suficiente para me dar prazer. Ainda mais depois da mais velha sentar na minha cara, relando grosseiramente o clitóris úmido e azedo em meus lábios. Começo a lembrar das tardes em que eu me esquecia de vir aqui. De todos os membros da minha família. De todos os mortos que passaram pela minha trajetória. E afundo todas as esperanças numa brochada estéril e seca, logo após a novata perguntar:

É só isto? Achei que fosse doer na primeira vez.

Em casa, meu filho assiste o Jornal Nacional enquanto come seu misto quente. A gripe ainda dava os últimos golpes no meu sistema respiratório, de modo que eu limpava a cada dez minutos o nariz. A aranha do espelho repousava sozinha entre o mofo e o reflexo dos azulejos destruídos. Ela não me causa mais tanto temor. Me acostumei com a sua petulância irracional. Vejo um pouco de televisão, junto com o meu filho, numas de tentar resgatar a parceria familiar que subsiste num gesto como este. Ele não dá a mínima. Acho que nunca entendeu o glamour de uma família sorrindo na praia. Acho que nunca entendeu o porquê da existência de comerciais de margarina. De qualquer forma, eu o abraço. E ele consegue não mover um só músculo.

Saio dali e resolvo fazer um chá dos sonhos. Enquanto a água ferve, procuro o antigo baralho da minha falecida esposa. Ela costumava jogar buraco com as amigas às terças, entre doses de café preto e fofocas casuais. Encontro ele perdido na cristaleira, ao lado de um frasco de vitamina C. Volto à cozinha, desligo o forno e faço a imersão. Na mesa, próximo ao freezer, posiciono as cartas para um joguinho antes de dormir. Lembro do seu sorriso, da seriedade teatral com que ela manejava estas cartas. Valete de copas. Rei de ouros. Dez de paus. Cartas. Três de ouros. Valete. Rei. Dama. Valete de copas. Rei de ouros. Dez de paus. Cartas. Três de ouros. Valete. Rei. Dama. Ela, a esta hora, estaria atrás de mim, me abraçando, perguntando "como foi o seu dia?". A esta hora, ela colocaria o nosso filho para dormir, beijando sua testa antes de apagar a luz, lhe desejando os melhores sonhos. Mas não ouve tempo para entender esta dinâmica de sentimentos felizes. Não houve espaço para a felicidade se estabelecer aqui em casa.

a mãe

As linhas transparentes do meu espectro
Serão a sua sombra nesse dia
E alí, ele poderá através das palavras
Ver o que não pode ser visto
E ele não saberá como ele não entenderá como
Ele não verá nada mas a mim ele vai ver embora nada apa-
reça nada se submeta nada lembre nada lhe dê esperanças.

ele

Você esfumaça novamente em meu rosto e deixa o frescor da madrugada - a coisa embaralha cartas em meu espírito – são cartas em branco da cor da sua pele da cor da sua ausência cheia de pintas invisíveis. Quanta ternura pode haver na morte de um animal de estimação. A pele que não volta ao lugar – falávamos de pele e vento e ausência – falávamos em quanto posso acumular a sua falta de presença dentro do meu corpo. E o vermelho da coisa nela? E o azul da coisa nela? E o verde da coisa nela? Por qual tonalidade atravessamos a coisa nela? E se eu dissesse – corre! Você buscaria a coisa em você para trazer novamente para mim? E a essa ausência desenhada com aço, onde essa ausência se alinha com a coisa em qual território encontramos as bocas de uma na outra em qual floresta a floresta da sua buceta se confunde com os cabelos da coisa? Você fala sobre solidão e a coisa arrota multidões em nossa cara. Nosso sangue se mistura a coisa para a criação de mundos de bichos de peles conectadas umas nas outras. Um universo coberto por peles e pelos cheiros da sua ausência e a coisa a perscrutar o silêncio do suor caindo gota após gota numa tempestade de cansaço. Agora seus dentes mudam a cor dos alimentos. Sua mastigação muda a forma das carnes das voltas dos músculos rígidos. As migalhas dançam na rua e abrem passagem para a coisa se alimentar. A sua ausência estoura miolos ao meio dia –

a sua ausência é assassina. Uma bola de feno passeando pelo pasto e as vacas murmurando a morte. As costelas de quem te servem de instrumento? As tesouras e as motos e as luvas e as coisas que agora se multiplicam e parecem ter a sua cara. A coisa se multiplica através do seu rosto. E eu sinto medo de encontrar o seu rosto entre a claridade da tarde e o azul escuro da noite. É a louça que quebra mais de quinze vezes só esta tarde – ela quebra requebra desquebra e quebra novamente. Os estilhaços são os seus modos de ver. Eles me cortam os pés e cicatrizam os meus pés. A coisa lambe as feridas e me ensina uma nova forma de caminhar preenchida pela sua ausência. Descalça caminha pela lã que a coisa tece e desliza pelo fundo da piscina pulmão da coisa toda. Você sobrevoa junto com a coisa o teto aqui de casa e cospe fogo nas manhãs de frio. Onde esconde seus cabelos e seus olhos? Um sorriso se estilhaça no ar e o piso acarpetado se desmancha como uma neblina suja de especulações. Há uma voracidade sufocada em seu sovaco a coisa dorme ou finge dormir em suas dobras e baba sêmem em sua ausência cristalina. A chuva lava a nossa varanda – minha e da coisa – e seu voo de serpente finalmente dá uma desenho concreto para as milhares de ausências que você enfim se acostumou a me ofertar. Não penso mais em mulheres ou em mulheres no útero da coisa. A linguagem se acostumou com o meu braço tirou meus dedos para dançar. Sou este último da fila a tecer outras coisas dentro da coisa. Sobrevivo ao litros de álcool da festa imaginária e convido os últimos insanos da sociedade a vislumbrar a dança cinza da sua ausência. A coisa bate palmas e se esconde – ela procura imitar a sua ausência. Agora as arvores tombam como que revoltadas como que emocionadas como que buscando reverenciar sua própria falta de existência nas palavras. Por que agora a existência está concentrada neste livro que ainda não escrevi mas que abre caretas para os passantes da rua que não paro de percorrer. Catástrofes são engolidas pela coisa e os milhares de voos de borboletas renascem ventania em seu útero. Quantas palavras renasceram de seu útero até o romper do meu fôlego? São apostas – trata-se aqui de um jogo puro de um jogo que engole sem fim as suas próprias regras – e você no final do final apostando a própria ausência. A coisa parece ganhar mas no final do final a sua ausência sem rosto querendo o seu rosto buscando o seu rosto. Nomes próprios perdendo seus nome. Coisas perdendo suas coisas – só a coisa ali parada desenhando novamente um novo rosto e a pedreira de fantasmas a percorrer a órbita da sua ausência. Já comentei a sua ausência? Já aplaudi a sua ausência? Já vomitei, praguejei aliciei a sua ausência hoje? São bolas de papel são luas são planetas estilhaçando bem aqui na minha frente – a coisa tem o poder de se esquivar automaticamente de catástrofes. Risos e sussurros e fumaça de cigarros saem da onde? Quem poderia eliminar a coisa da face da terra – a face da terra ainda é uma face?

o casal

Ele fecha a porta. Olho para a carteira de cigarros a minha direita. Pelo menos não estou sozinha, é o que eu penso, injetando todo o peso do abandono naquelas inofensivas caixas de papelão. Acendo um. A fumaça sobe lentamente até o teto encardido. O tempo passa tão rápido nas brechas que existem entre uma pedra e outra. E para nós não ouve espera, alento. Só um painel escasso de grandes expectativas. Minha mãe não gostava do seu olhar. O olhar de quem acorda fora de casa, sem o calor habitual de suas roupas de cama. O olhar de quem simula o próprio suicídio no banheiro. O olhar de quem luta contra a carência. O olhar de quem tem medo de olhar e ser olhado. Minha mãe fazendo o café e esquentando o leite, mas ele não tem coragem de olhar na nossa cara, dizia ela, na cozinha enquanto preparava o atestado de dependência que unia a sua família já estraçalhada pela mediocridade das horas. Ele não parece comprometido com você, minha filha, meu pai, saindo do escritório de advocacia para me buscar no cursinho pré-vestibular, antes que eu fumasse maconha ou até mesmo um inocente cigarro, como estes que hoje fumo para me aliviar da dor que dói invisível e insistente, que dor? Você não sabe o que é sustentar esta casa, meu pai passeando no shopping com a minha irmã morta, com a minha mãe sofrendo de câncer, com todas as torcidas dos estádios lotados que desde criança aprendemos a admirar. Ele tocando as canções certas no som e me olhando com aquele olhar vago que me encanta e me arrepia só de lembrar e meu pai mandando a cadela calar a boca e comendo vorazmente um bife mal passado que a minha mãe era obrigada a fazer. Tardes inteiras assistindo a novelas antiquadas, acreditando piamente naqueles enredos, bem no lugar onde a cabeça se esvazia e descansa na mais completa falta de energia e conflito, você não tem o direito de mudar o canal, ela fez cocô no seu quarto, vou ficar aqui, espero a empregada me substituir nesta nojenta tarefa, nesta tarefa asquerosa que é pensar na morte, no suicídio, mas você pode muito bem guardar um pouco de sorvete para mim, onde está aquele carregador de celular, acho que caí aqui em casa, acho que meus pais sabem como é o cheiro de maconha, acho melhor você não aparecer por aqui por um bom tempo, de repente eu fujo, nós trepamos, como naquele filme pornô que assistimos semana passada e concluímos a nossa relação, resumimos numa só trepada, meu pai limpando o carro com esguicho, queria que você fosse me visitar na praia, é tão bom namorar na praia, lembra quando nós passávamos a noite na praia, eu você e uma vontade de entrar no mar depois de um baseado e uma garrafa de vodka, a gente podia esquecer as nossas roupas no varal, seu pai me trata tão bem, fiquei pensando se ele não tem um jeito estranho, um jeito estranho de quem se interessa demais por bolsas de grife e lingerie de mulher, a sua mãe é linda, exuberante, quero ser a sua mãe quando eu tiver com uns cinquenta e poucos anos, a sua mãe me adora, ela falou que eu não sirvo para casar, muito menos com um perdido como você, mas eu te defendi e defendi o nosso amor e a nossa maneira de ser e fugimos, passamos fome, quem dos nossos colegas de ensino médio sabe o que é passar fome? O limo verde das divisórias dos azulejos da cozinha formam um desenho assustador, dá a impressão de que o apartamento está sangrando, mas o que há de errado em fumar na cama? Acho péssimo o cheiro de esgoto que fica quando passamos por este shopping, sua irmã morreu, você pode faltar à escola, mas de certa forma éramos unidas, fazíamos atividades juntas, nunca fiquei com aquele rapaz, se você analisar bem a situação, irá compreender que existem uma e outra, há duas mulheres dentro de você, você deve escapar daquela que te martiriza, daquela que te escraviza, daquela que te lembra das piores torturas da humanidade. Você demora como um cortejo fúnebre demora. É de propósito, amor? Estou fedendo. Você gosta do meu fedor? Acho um absurdo feder desta forma, o teu suor está fedendo, seu quarto parece uma destilaria, por que você precisa ser assim? Eu te dou tudo e você se comporta como uma prostituta, as tuas amigas são escrotas, as tuas amigas não valem nada, ele não serve pra você, já reparou como ele passa horas olhando para o nada? Larga esta vida, menina. Você não pensa em entrar na faculdade, as pessoas na faculdade são legais, não é igual aquele desfile de moda que rolava no cursinho, para de me tratar feito um burro, por que você não gosta que eu mexa dos pêlos do teu braço? Poderíamos cheirar um pouco de benzina enquanto esperamos o chão se abrir, enquanto esperamos a aula terminar, enquanto nos olhamos no espelho de casa esperando que a nossa pele adquira qualquer textura longe da realidade em que vivemos. E se passássemos a tarde cheirando benzina, lança-perfume e cola? E se cheirássemos éter, clorofórmio, tolueno, benzeno, metanol, querosene, gasolina, acetona, tetracloreto de carbono, oxido nitroso, thinner, Errorex, esmalte para unhas, fluído para isqueiro, fibras sintéticas, desodorantes, limpador e polidor de móveis e carros, cola de aeromodelismo e se cheirássemos todos os produtos de limpeza existentes no mundo? E o Rivotril com uísque, você me perguntaria, e aquelas cartelas de Benflogin? Você vai ter outra percepção logo quando sair de casa. Logo quando morar na nossa casa. O nosso canto, meu pai limpando a arma de colecionador com uma expressão concentrada, manda ele vir aqui ter uma conversa, dizem que ele faz aquilo, aquilo o que? Aquilo, ué, aquilo que fazem os caras experientes, desliga este som, a minha cabeça está explodindo, faça como a sua irmã, se atire pela janela, para de fazer drama, ninguém nesta família se atirou pela janela, por que vocês insistem em fazer tragédia de tudo, ah, aquele cachorrinho era tão lindo, que tal se adotarmos, um filho, um filho negro, que tal? Teu pai ficaria puto, certamente ele ficaria puto da cara e nos mandaria para o olho da rua, vou montar uma empresa, uma empresa de família, uma empresa para deixar para os nossos filhos, para os nossos netos, o que você acha? Me arranja um cigarro? Ah, passaria horas bebendo cerveja e olhando para o nada, como é bom estar aqui nesta areia, ouvindo o barulho destas ondas mansinhas, vamos viajar? Viajar pela Europa, a Europa inteira, ah, Paris, como é linda Paris, você precisa conhecer Paris e tomar cafés em Paris, os melhores vinhos de Paris, os melhores monumentos em Paris, os melhores hotéis em Paris e ficaríamos hospedados cada dia num hotel diferente, o que você acha? E faríamos sexo em cada um destes hotéis, deixaríamos a nossa marca, na verdade penso em morar um tempo por lá, de repente tentar um mestrado na Sorbonne, daí você vem junto, daí você exerce o seu ofício, o que você gostaria de fazer? Você não quer ser um empresário como o seu pai, quer? Os presentes de natal me causam medo, desde pequena acho que um monstro irá sair daquelas embalagens natalinas, ah, vamos ficar a tarde toda na praça de alimentação e nos alimentar com as piores comidas do mundo, vamos nos rebelar contra a imposição da mídia em relação à comida saudável, não vamos ser saudáveis, meu pai não se importa com isto, aliás, meu pai não se importa com nada, ele anda bebendo? Sim, aquela garrafa de uísque que não acaba mais, coitado, fica lá mofando, e olhando pra baixo. Que mania de falar que a minha irmã morreu, não há desculpas para a falta de perspectivas, não há desculpas para a alienação, como as pessoas podem cair na armadilha das mídias de massas, você não é comunista é? Aquela guria da escola te acha o melhor, aí eu disse que o melhor estava comigo, a cultura do winner, do escolhido, do vencedor, o american way of life, danem-se as verduras e o meu corpo e os meus olhos inchados, já experimentou cocaína? Parece que você é um pouco a mais do que poderia ser, as nossas potencialidades estão submersas num fosso de mediocridade e lamentações, você volta ainda hoje, porque eu tenho medo de ficar sozinha neste quarto e de lembrar da minha irmã, da minha irmã que não teve o tempo necessário para perceber que o mundo pode ser muito mais trágico do que a gente imagina, eu nunca me mataria, de repente a gente arranja um carro e vai para a praia passar os melhores momentos da nossa vida por lá e você me cobre de beijos e me cobre de luxúria e me cobre de culpa, por que você não aparece por aqui com um engradado de cervejas e muitos cigarros? Saudade de tomar cerveja e olhar para o nada nos intervalos das aulas que não eram aulas, um relógio é um ótimo presente de aniversário, o seu aniversário está próximo, o que você quer, por que você não volta pra mim com a cara de quem acabou de ganhar na loteria, com a cara de quem acabou de sobreviver a um acidente aéreo, com a cara de quem acabou de nascer de novo, por que a demora, por que esta agonia e esta espera que não é espera e sim um rolo compressor de ideias e ideais e conceitos, teorias, volta de uma vez com o nosso pão, que não é pão e sim pedra, meu pai podia enfartar se soubesse que eu já transei com garotas, você nunca se incomodou, eu sei que no fundo você sente ciúmes do meu passado e da forma como eu exijo um toque feminino toda vez que você tenta me chupar e da responsabilidade que existe em me chupar, nunca me lembrei de nenhuma delas em nenhuma chupada sua, você chupa muito bem, ah, Nova York, você já esteve lá? Você nunca esteve em lugar nenhum, sempre esta merda de apartamento, esta merda de vida, esta merda de mofo, esta merda de apocalipse que você insiste em permanecer, para qual inferno você quer se mudar? Então, to pensando em me mudar para São Paulo, acho que lá tem mais oportunidades de trabalho para mim e, claro, pra você, não quero que você se submeta a mim, lembra quando a gente ouviu pela primeira vez aquele cd do Minus the Bear, você chora por qualquer coisa, diria o meu pai, você deve proteger a sua irmã, diria a minha mãe, você não tem irmãos, que chato isto, deve ser chato passar a infância sem irmãos, a minha morreu, nós éramos unidas, para de chorar, sua insuportável, o que acontece com as pessoas que morrem? Tenho certeza que o céu não existe, não fale isto da sua irmã, mas e se a gente viajasse para o Rio? Você nunca viaja, e se voássemos pela janela de mãos dadas? Dois super-heróis desbravando o ar cinza desta cidade, seria lindo se voássemos juntos pela janela de mãos dadas, você poderia ficar aqui enquanto a madrugada insiste em permanecer em silêncio, as madrugadas andam cada vez mais silenciosas e arrogantes, elas nos desprezam, aquelas gurias insuportáveis que nos olham de cima, nós não somos assim, nós entramos em todas as estruturas, elas não sabem de nada, não sabem o que é desbravar a existência como nós desbravamos, você demora de propósito, não é possível, estou prestes a explodir, explodir de tédio, acho que fumei uma carteira inteira, é impossível não pensar em nada estas horas, eu tento não pensar em nada, mas a sua demora é insuportável. Ah, finalmente.

o velho pai

Você viu isto?

Do que você está falando?

Algum infeliz riscou o meu carro inteirinho. Vou gastar uma fortuna com a lataria. Ele me mostra a conta como se me apresentasse uma oferenda.

Que foda.

Nem me fale. Se eu pego o desgraçado que fez isso... Fala com um tom de criança magoada.

Armo um imenso diálogo em minha cabeça. Gostou do servicinho que eu fiz naquele teu carro horroroso? Você enlouqueceu, velho?! Reage, moleque frouxo. Vem pra porrada! Você parece uma criança. Você está completamente maluco. Doente. Precisa ser internado. Por isso não te quebro a cara. Só por isso. Como foi que o garoto não ligou uma coisa à outra? Será que ele me acha um bom velhinho? Será que ele ainda confia em mim? Saio para tomar um ar. Começo a rir, não mais histericamente. Rio como se o mal me alimentasse, hora a hora, com a sua mandíbula furiosa de raiva e rancor.

E mais uma coisa. O chefe quer falar com você. Ouço a sua voz sair dos meus pensamentos.

Entro na sala do patrão. Ele, sem ligar para lei alguma,

fuma ali mesmo. Um atrás do outro. Parece que o câncer da mulher o incentivou a fumar ainda mais. Ele me oferece um. Aceito. É um momento crítico da minha e da vida dele. É um momento em que dois antigos colegas de trabalho irão dizer adeus da forma mais traiçoeira do mundo, ou seja, um deles irá mandar o outro para o olho da rua. Demoro a acender. A sala fica em silêncio por minutos. Suas olheiras, sua dor, sua perda são evidentes e me causam repulsa por que também perdi a minha mulher cedo. Só que no meu caso, um atropelamento me impediu de levar a vida que me foi destinada desde criança.

Acenda o cigarro. Não quero te dar esta notícia assim. Preciso que você fume junto comigo.

Tudo bem. Acendo o cigarro e dou uma longa e tendenciosa tragada.

Nós nos conhecemos há quanto tempo?

Muito. Muito tempo.

Então, você sabe do apreço que eu sinto por você, não sabe?

Claro.

Você andou vacilando. Pense na sua aposentadoria. Você fez um plano de previdência, não é? Ele não costuma falar "vacilando". Mas fala, numas de tentar se proteger de toda a informação que martela pesadamente a sua cabeça. Há coisas que não podemos aturar numa empresa séria. Eu nunca imaginei que eu fosse chegar neste ponto, mas você está...

Demitido?

Eu não queria ter que fazer isto. Mais cigarro?

Por favor.

Antes de você acender.

O quê? Quer que eu termine?

Você está demitido.

Saio da sala com o cigarro na boca, baforando feito um animal selvagem, sem fôlego. Sigo em direção a mesa que por tanto tempo aturou o meu mau humor diário. O garoto olha para mim com um misto de pena e arrependimento. Como se ele tivesse feito alguma coisa contra a minha pessoa. Já a recepcionista ri aos borbotões. Exala toda a fúria (que ela acumulou com prazer durante o nosso restrito período de convivência) em gargalhadas histriônicas. Eu aceito aquilo de cabeça baixa. A demissão era o buraco fundo onde ninguém sonha em entrar, e quando entra, não há escada que alivie a ferida exposta. Os colegas de trabalho sabiam do meu impasse, da minha falta de perspectiva. A demissão andava lado a lado com aquele profissionalismo inócuo. A qualquer momento ela poderia cochichar as nossas piores torturas, sem que todo aquele sofrimento parecesse dor. Via Crúcis.

Entro no carro. Choro sem movimentar uma só linha da face. O garoto bate na janela com a intenção de dizer algumas palavras de lamúria.

Você está bem?

Desculpe. Falo com um certo constrangimento, pensando em meu filho silenciosamente indefeso. Ele sai sem entender o motivo do fato.

Primeiro os barulhos do final de tarde se mostram imponentes. Depois a chuva parece lavar a sujeira do mundo. Trovões soam atrapalhados em meus ouvidos. A noite se impõe ofuscando os acontecimentos em meio a névoas e sussurros. As luzes da rua queimam, uma por uma, como um longo dominó ao ser derrubado.

No caminho, ainda próximo à concessionária, vejo o meu vizinho, correndo na chuva, desesperado, calçando chinelos. Camisa rasgada, mandíbulas elétricas. Atrás do garoto, uns cinco ou seis maloqueiros passam voando (estes, mais acostumados com a situação). E logo depois a polícia: frouxa, derrotada.

Quando, em minha mente, um certo orgulho dava graças por meu carro estar andando tão bem, sinto um solavanco baixar uma sombra de impaciência em mim. Agora, o automóvel mostrava possuir seus últimos sinais vitais. Tento dar a partida (em meio a um número absurdo de buzinadas e xingamentos), mas o velho Escort parece não querer participar daquilo tudo. A chuva volta a cair mais forte do que antes. A pressão está fora do controle. Sinto que vou explodir a qualquer momento. Giro mais uma vez a chave. O carro soa como um mendigo tossindo o lodo de seu pulmão afetado. Um senhor, de uns oitenta anos, com um enorme guarda-chuva, bate na janela.

Precisa de ajuda?

Não. Ele é assim mesmo

Problema na injeção?

Faz cinco anos

Vixe... Então já era.

Obrigado pela noticia, vovô. Dou uma última partida no carro, com a violência de uma criança gigante. A chave quebra. Não há mais saída, nem para o Escort 89 e nem pra mim.

a mãe

Ele estará em todos os lugares pois ele estará no lugar certo
O lugar onde sempre esteve
E eu a circular pela circulação minha que ainda não existe.
O fogo da minha lapidação os membros e seus movimentos
Dentro de todos os lugares que são todos os lugares onde ele está.
Nada vai respirar
Nesse momento.

ele

No túmulo do último animal vivo estará escrito – a coisa – e este nome ira se apagar a cada passo do presente. Você interrompe este passo com o fruto da sua ausência – o crescimento é o seu rosto ou falta do seu rosto ou o seu rosto sem rosto dentro da coisa. Você apaga você em pedaços de memória e o presente sente dor quando você passa. Rompe-se a chama com o sopro da coisa e o tempo perde sua cabeça por instantes – você escorre por entre as dobras falsas do meu desejo, some e deixa o hálito doce da sua ausência – sua ausência possui sempre um novo hálito – nunca me acostumarei com os hálitos da sua ausência. Eis o substrato, a malha que perpassa o seu mal humor, coisa – eis as ausências todas em bando assombrando casas, invertendo esgotos, quebrando lâmpadas em meus olhos. Eis os sonhos recortados por crianças – eis o espírito de porco com a máscara da bondade injetando tinta vermelha nas veias e artérias da ausência. Então o coração subtrai suas batidas a coisa bate e volta na circulação de neurônios a coisa espanta as moscas dos neurônios e cristaliza em minha testa sua ausência. A coisa livra a liberdade de ser liberdade e te mostra a sua própria ausência coberta de lama coberta de coberta de coberta de lama. A coisa se esvai e transmite coisas através do seu ferrão. A coisa não se limita a ver a coisa vê por dentro e sente coisas por dentro e se alimenta através de coisa que são coisas através da sonda-coisa da coisa coisa do seu aparecimento. Por um lapso, por uma lasca, por um trilho sem trem você aparece como quem mastiga a madrugada e cospe o passado em restos de futuro sem cara. Você estremece a coisa ao aparecer e desaparecer ao estremecer e machucar a coisa com sua pele indefectível. Você já não é mais você e agora o novo projeto da coisa é criar o seu novo gênero e desenhar um novo aparelho reprodutor de ausências dentro de você – a multidão dos seus filhos sem face me encara agora e eu pela primeira vez entendo o medo real do seu real do seu real-ausência. Júbilo e conquista diz a coisa baixinho como que para me divertir com clichês antiquados e justo você agora parece escutar a minha risada patética? Onde seu sumiço conquista novos admiradores? Sombra e calor juntos dentro do intestino da coisa onde você parece arranhar com garfos de ternura a sua última palavra de adeus – existe adeus? Existe coisa em você? Um lugar de terrenos movediços se abre entre mim e a coisa justo no momento em que você é a coisa e a coisa em seu estado de transparência. Saio e encontro um carnaval montado na avenida das suas ausências. Já conto um milhão e meio de corpos ausentes a me investigar – a coisa dará conta de tantas ausências dentro dela? Subversão e falta de controle motiva o policiamento do organismo coisa aqui dentro deste tempo escasso e deste presente perecível – o passado perdeu a sua textura de bolor. Lanças de olhos e outras traquitanas envolve a sua transparência – tenho agora que competir com a coisa – seu toque impreciso sua aliança com o futuro me desmembra. Encontro os órgão dilacerados pelo seu vai e vem incessante. Rubro elas estão rubro elas ali paradas possuem a sua face! Coisa mate-as! Elas encontram você mas elas são você! Logo agora que havia entendido o mecanismo da sua ausência me transmutado em engrenagem da sua ausência – logo agora elas. Pois daremos conta delas – eu, a coisa e palavra. Pois bem, no princípio eram elas. Elas e suas caras e suas pontas de lança e suas vontades nebulosas. A coisa com sua língua lamacenta começa a investigação e elas desaparecem e aparecem com o intuito de confundir a coisa – mas não – sou agora elas e a coisa me lambe da cabeça aos pés. Como pode a pele delas ser a minha agora? Estou lidando neste exato instante com a multiplicação delas. E são insetos a rodear a minha cabeça são cachorros querendo atenção luas movendo mares automóveis parando o trânsito de uma grande capital. Justo agora elas que agora elas que enfim elas agora em minha pele pedindo socorro pedindo escape de nós por que aqui aqui não nos existimos. Como posso agora aguentar o barulho insuportável deste pernilongo – são os passos delas delas delas! Então, a missão agora é cortar as pernas dos pernilongos eu e a coisa cortando pernas! Elas não deveriam estar aqui por que elas podem ser você e podem ser todas elas. E mais uma vez o fogo – por que sim elas são feitas de fogo e chumbo no coração da coisa. Não diria coração. Não definitivamente não diria coração – diria uma bola que vai vem pulsa cai recobra retorna joga e pula pula pula em cima de mim – e a coisa libertando elas elas em cima de mim e uma coceira uma tremenda coceira de picada um som insistente um som estridente a sair pelos buracos da coisa que são os milhares de insetos que se escondem agora no meu quarto. Quem diria, ein, coisa – tanto poder em ser mínimo coisa! Elas se agitam na proporção dos terremotos – qual nação elas dizimariam agora? Aqui estou entre elas entre a pele delas entre os orifícios delas entre a respiração delas entre o nascimento de cada uma delas. E posso agora beijá-las na boca na boca da ausência de cada uma delas. E posso agora me aninhar no colo de cada uma delas – e elas estancam seus milhares de braços em acenos e abraços e cheiros incomensuráveis. Eu as observo de perto e de longe ao mesmo de modo que posso sentir a coreografia dos seus hálitos. Elas me provocam a me atirar e eu me atiro e lanço mão de asas invisíveis e de cordões invisíveis de sonhos e maldições invisíveis. Por que sim reconheço e convivo com suas ausências que são elas que são elas em outra dimensão do possível. Elas dançam em meu estômago – elas me curam do meu parasitismo e sigo como quem dança as nuvens de verão em meio a tempestade. Elas sugam a fogueira sem fogo de um fogo invisível e me queimam num banho de invisibilidades. Sou delas pelo lapso da ausência – a duração da ausência são elas e eu e meu sangue e o delas misturado. Sou o que não poderia ser nelas. Sou a coisa e minhas irmãs e mães e amantes. Sou agora o pedaço onde não há tempo apenas a ausência em seu estado mais puro – sorrindo o sorriso delas. Em que dobras de seus sexos eu me escondo onde em seus pelos em seus cabelos secretos em seus cabelos de ausência? Posso possuir a sua ausência? A coisa me autorizaria? Posso agora mastigar o suco da sua ausência? Posso mastigá-la como quem mastiga montanhas de neve? Eu percorro a sua ausência por onde por quais por qual delas me atiro no buraco de narciso? A coisa me informa: 4 horas de espera por hoje e posso muito bem ficar mais quatro horas nesta fila que você construiu com elas. Falo delas e de alguém específico? Não há alguém. Não há ninguéns – só este véu imprevisível. Nada de solidões aos litros a coisa se alimenta agora da nata do líquido delas delas todas da unidade elas do uno elas. E aqueles colchões usados são delas? Onde toda a unidade-elas dormiu esses milênios todos? E os espasmos das coxas – os espasmos da barriga – o jorro de gozo que eu invocava nas noites de silêncio – tudo isso está contido na ausência? Com o dedo indicador furo o umbigo da coisa e ela me mostra o esconderijo de todas as ausências – exclusividade, é o que penso e logo o espectro de todos os homens da face da terra tiram os seus chapéus para mim, num gesto de condolência, como seu houvesse falecido dezenas de vezes. Os fantasmas delas não aparecem para mim, mas as paredes por dentro e subitamente você me aparece com a cara de todas elas. Onde quer chegar com essas pernas de inseto? Sobrevoar a angústia de quem, eu me pergunto – logo a coisa me leva pelos braços a conhecer essas flores de árvores invisíveis. Os ônibus neste lugar passam na velocidade da luz e todos eles levam vocês – são vocês que me acenam que me prestam condolências com chapéus. A coisa poderia estar errada ao identificar o rosto de cada uma de vocês – vocês teriam um só rosto? Em qual momento? As intensidades da coisa as intensidades pulsando saliva em minha digitação – eu escuto a voz delas pelo ouvido da coisa – a coisa me informa e a coisa alimenta o meu sintoma – eu posso ouvi-las e debater com a ausência da voz de cada uma delas. Então o sufoco delas é o meu sufoco, decreta a coisa. O sufocamento pelas mãos delas nelas é o meu sufocamento, diz coisa – todas as janelas possuem o dom de se atirar, diz a coisa. Percorro as células da coisa a procura de um consolo, um conselho, um adeus desesperado e só encontro migalhas de faces sem olhos – todos os olhos já se fecharam – elas já não possuem mais olhos de tanto fechá-los. Não há destino esses ônibus levam para o não parar de levar. Elas são engarrafadas ou melhor o ego delas engarrafados no umbigo da coisa. E os pratos a despejar o resto delas do alimento que a coisa conseguiu delas que são elas em pedaços moídos pelos dentes da coisa – seria a ausência solidificada? A ausência seria vendida em frascos de vidro da coisa? A coisa é de vidro, de madeira, de carne, de tantas outras coisas que fica difícil reconhecer a coisa em noites de lua cheia. A imensidão me chama e me rasga na medida da ausência delas – a coisa ri o riso do tamanho delas – morremos todos juntos, por um instante – eu, a coisa e todas elas. Estou com a cabeça poluída de fumaça de fuligem de falta de fôlego. Tomo um líquido esverdeado até então vermelho – a coisa mudou as coisas de cores quais cores são as cores da coisa em quais cores a coisa se transforma segundo após segundo? Você-elas-coisas me transformam em quais cores para desenhar a MINHA ausência? Saio e volto, volto e saio e percebo um leve sussurrar das ausências daqui da minha caminhada repentina – deveria eu sair agora com as cores novas da coisa nas ruas nos prédios nas canaletas? Quais as cores da velocidade da coisa? Em qual velocidade as ausências se encaminham até mim até a minha retina sem fundo sem cor sem textura sem fisicalidade? Os socos que arquiteto para dentro de mim são para aliviar a sensação que a ausência causa no fígado – são dores ausentes que me angustiam durante o dia. A tempestade abre suas enormes pernas – seu cheiro está ali – o cheiro de todas elas – e agora posso sentir para sempre na língua esse cheiro. Coloco meus óculos da escuridão dos olhos delas para olhar para útero da tempestade que me renasce que me desentranha e me constitui. A coisa sabe que está aqui? A coisa parece estar morrendo, ela não me quer dar adeus. A coisa prefere a solidão pois ela entende a solidão da morte. A coisa quer a coisa sozinha. Nunca mais coisa os dilúvios das noites sangrentas, a menstruação de todas elas abrindo e fechado as artérias da sua falta de pulsação – você compreendeu a ausência delas a minha ausência compreendeu não lamentou e agora esse movimento de auto-diluição. Não, coisa – não posso permitir a SUA ausência. Menos a sua. Como agora com que cores com que cheiros – você deve sentir comigo o cheiro delas no olho da tempestade – a tempestade abriu suas pernas as pernas delas os olhos delas o umbigo delas e agora tão cristalina a água do hálito de suas ausências caindo em minha mãos. Derretendo minhas mãos – choro ácido e quente – fervendo! Chama paralisada e o seu completo dilúvio, coisa. Nunca mais ausência enlaçadas – mas, não, veja, agora, agora mesmo a minha ausência completa a sua completa ausência e a ausência rubra delas – e o hálito delas me constitui e posso caminhar flutuar pelas avenidas fétidas colorindo o esgoto com o hálito delas. Estou empreendendo uma viagem bem próxima ao suicídio e a morte não está nos meus planos. Os cigarros sem fumaça que o hálito delas das ausências delas – onde você escondeu coisa? Agora, com a sua completa diluição parece-me impossível a arqueologia das nossas ausências – você, coisa, escava as terras necessárias. Quantas unhas pode descascar por mim, coisa – você colocou no solo fértil de quais ausências todas essas unhas? Todos esses dedos soltos, todo esse motivo de singelas pétalas sonoras. O urro de dor da ausência de cor de coagulação. Somos a chama da vela sem base sem pavil – somos a dança da chama flutuando na escuridão e somos os olhos parados no vento observando as reentrâncias da madrugadas. As dobras que amordaçamos elas nos chupa o sangue e nos acarinha com suas guelras de morfina – é por elas que respiramos e aspiramos as nossas ausências. Estamos completamente feridos com a súbita lenta diluição da coisa. São brasas apagadas e acesas – são dias incompletos uma falta de noite – jogamos com as nossas ausências e a pegamos sempre na incompletude. Pingo por pingo por pingo por pingo – as ausências me desenham. Pingo por pingo por pingo por pingo sou um homem completo por ser incompleto e entupido de ausências – somos uma multidão delas. E respiro por elas e me faço por elas no vento que a noite ausente trás – você me imagina assim elas me imaginam assim completamente ausente de ausências? Vou te contar um segredo vou te contar o segredo dos segredos através da boca da ausência. Por que agora estamos a conversar diretamente com a ausência das ausências. Ela que mora no nosso sangue misturados. Os bancos de dados já estão infestados por isso e eles se alimentam disso dessa ausência misturada mestiça da cor da identidade falsa sempre falsa das nossas ausência que agora é uma só. Falo da nossa ausência – a preferida a degustada a única a favorita entre todos os ausentes deste mundo. A NOSSA AUSÊNCIA! É o que vamos celebrar agora – é o que sempre desejamos celebrar agora, por que onde por onde vamos com nossos braços pés peles partos partidas? Apenas a celebração aguda da nossa ausência. Da nossa ausência conquistada com presenças exaustivas da nossa própria ausência em estado larvar. Ela promove um sim à ausência a nossa ausência. São os sinos anunciando que agora sou todas elas – todas as ausências juntas. Perto aqui bem perto do quarto da ausência onde pôsteres de guardas sem luz transparentes iluminam com escuridão a cama flutuante. Aqui onde sugam-se pensamentos – os pensamentos e seu buraco negro o beijo na boca entre o pensamento e o buraco negro. Você você você você – eu inteiramente eu de vocês. E lá no mar onde o escuro escorre em ondas permaneço com o corpo sem vida da coisa da coisa diluindo para sempre para sempre. Coloco a visão de lacrimejar e ando com todas vocês nos braços carregando os fantasmas das ausências necessárias. O que há comigo? Essa tontura? Vocês me causam tonturas ao sair e ao entrar segundo após segundo em mim. E vou esquecendo palavras. Vou palavras encontro da céu noite casa. Afasia afasia afasi. Livre concatenação de ausências aqui esqueço. O esquecimento preenche todas as estruturas. Cigarros esqueço. Fumaça esqueço. Dedos esqueço. Dados esqueço. Toque – nunca existiu. O que tenho então? Um aspirador de pó a sugar esperanças. Nada mais doméstico e prosaico. Um cachorro dormindo respirando o ar do ventilador no meio no centro do verão. Estou curando o fígado com nuvens de água de coco – a cada gole uma tontura – a cada gole uma ausência. Uma ausência sua sua e sua e de todos nós juntos – sangue misturado, lembra? Cólera no vaso sanitário na sacada na pia na geladeira – logo somos atirados para fora de casa, um tornado rompe a distância dos prédios e os hidrantes vomitam para cima sua água turva de solidão. Um pasto tingindo de cinza abre seu tapete para nossas ausências. E elas se deitam e conseguem cobrir toda a extensão. E um cheiro de água sanitária recobre o ar e ondas de respiração cinzenta se fazem presentes pelo teto do céu há luas se partindo em três e estrelas despejando seus brilhos por sobre as ondulações das ausências. E a quantidade de sabão necessária para lavar esses vestígios?

Quem poderia quem teria braço o suficiente para lavar esses vestígios todos? São sujeiras de tipos diferentes, formas diferentes – e elas arranham de maneiras diferentes também: será preciso limpá-las? Estamos lindando aqui o tempo todo com limpeza? Há esses deslizamentos também, pelos barrancos do cotovelo, pelas montanhas de desconfiança – quanta terra há entre um pensamento e outro?

o casal

O que aconteceu? Seu braço sangra. Suas calças estão sujas. Meu Deus, o que aconteceu? Vasculho o apartamento em busca de algum kit de primeiros socorros. Não encontro nenhum vestígio de qualquer remédio ou cura neste lugar. Só um pano velho na cozinha que aparenta estar minimamente limpo. Serve pelo menos para estancar o sangue. Começo a enrolar aquele braço fino e desnutrido. Não é o suficiente. Lembro dos filmes de aventura que eu assistia na adolescência e rasgo um pedaço da minha camiseta encardida.

Ele me disse que se eu não pagar até o final de semana, ele te mata. Sim, um homem que é capaz de matar outro homem, é também capaz de pensar nas piores vinganças. Bom, daí ele enfiou uma faca de cozinha no meu braço, só pra mostrar que não estava brincando. Cadê a lata?

Meu Deus.

Ela me abraça apertado. Não sei se pensa no meu ferimento ou na sua morte. Bom, tanto faz. Logo se desprega e vai e volta rapidamente da cozinha com uma lata de Coca-Cola enferrujada nas mãos. Meu braço lateja. Tenho a impressão de que o músculo da parte de cima se rompeu. Dói fazer qualquer movimento. Acende você.

Eu nunca comecei.

É um cachimbo, porra! É só colocar a pedra em cima. Ela faz, sem pestanejar e logo aprende o que não precisaria ser aprendido. Logo seus dedos ficariam como os meus: torrados pelo calor do inevitável. Ela dá uma longa baforada. Segura um pouco aquela fumaça e começa a tossir feito uma louca. Não era fácil segurar uma temperatura tão alta nos pulmões.

Finalmente. Finalmente. Sabe, pensando melhor, pensando bem melhor, pensando melhor do que melhor do mais melhor dos melhores, a minha irmã está viva, no interior de alguma cidade do interior do interior do interior eu digo pequena mesmo daquelas daquelas daquelas daquelas onde não se consegue identificar onde a identificação/

Estou naquele intervalo entre o alívio e o desespero. A reta final. A linha de chegada. Ela balança o corpo pra frente e para trás, feito uma criança autista. Bastava um trago daquilo, para se perceber como somos insignificantes. Coloco a lata na boca. Acendo e o isqueiro não pega na primeira. Tento acender mais algumas vezes e nada. Ela começa a rir. Um riso contido e brando. Procuro pelo apartamento alguma coisa para queimar aquela porcaria. Será que teria que descer para conseguir um novo isqueiro? Talvez o porteiro tenha um, ele é fumante.

Que azar, bem na tua vez.

Ela estava quase entrando num estado de normalidade superficial. Levanto e vou até o interfone. Alô, então, o senhor é fumante, não é? O senhor pode me emprestar o isqueiro por uns segundos? Isto, manda pelo elevador. Ela ri mais um pouco, agora como se estivesse vendo a passeata dos animais da Disney a sua frente. Como se a turma do Mickey estivesse contando uma piada engraçadíssima. Prometo que devolvo.

"Prometo que devolvo!" A que ponto chegamos.

Você já ta bem chapada/

Dá pra perceber?

Ainda no interfone, o velho porteiro começa a falar sobre "não ter fogo para um fumante inveterado". Não quer passar a noite correndo o risco de não fumar o seu habitual cigarro noturno. Droga. Ele vai subir.

O que? Cê ta maluco?

Tem medo do porteiro?

De repente a gente serve um cafezinho pra ele.

Pirou de vez?! Pausa. Pausa. Pausa nervosa. Meus nervos sentem uma descarga elétrica de lucidez. Tem fósforo na cozinha, seu imbecil!

E por que você não falou antes, querida?! Falo imitando a sua irritante voz. Vou até lá. Encontro uma caixa de fósforos longos. De onde ela surgiu é que é o mistério. Acendo o cachimbo e tento prender aquele calor nos pulmões. Uso toda a caixa para conseguir duas bolinhas. A campainha começa a tocar. Ele veio rápido.

Você não fumou, né? Sussurro antes de ele virar a chave da porta.

Não dá nada. Dei duas bolinhas só. A gente tá precisando de um isqueiro mesmo. Percebo uma percepção percebida de que a porta que abre e fecha agora fechadura mais de outras portas para a porta final que fecha e abre o porteiro com cara de espanto de porteiro do espanto entrega o isqueiro na minha mão e pede para que eu acenda o cigarro mas ele sabe que estou fumando outra coisa não é possível que não saiba eu pego aquele isqueiro Bic praticamente arranco da mão daquele senhor cansado cansado de tanto trabalhar de tanto ser oprimido pego aquele isqueiro aquele isqueiro que acende e apaga a vida a minha vida acende e apaga que é feito para acender qualquer coisa arranco o isqueiro DESCULPE DESCULPE DESCULPE DESCULPE calma ele me pede calma calma para o mundo poder parar de correr ESTOU CALMO ESTOU CALMO estou calmo eu não faria mal a uma mosca não faria mal a uma mosquinha a um verme um verme o senhor sofre muito preconceito? Este país ainda tem muito preconceito com as pessoas de cor. Este país de merda. Eu queria era que o governo mandasse prender todos os preconceituosos. Aquela velha te enche o saco, né? Ela deveria ser presa. O que tem o meu braço? Não, isto aqui é um machucado de nada/

Ele está tomando remédios. Não liga. Despacho educadamente o porteiro, que me olhava com ar de espanto e pena. Pelo menos, ficamos com o isqueiro. Vou para a cozinha, pego o cachimbo e dou uma tragada funda.

Gosto dele. Ele é uma pessoa legal.

Fuma um pouco que vai te fazer bem.

Já estou bem. Ela me entrega como alguém entregando um terço para o defunto em seu caixão. Tava na hora de fazer as preces e nesta hora não devemos perder de vista a falta de lucidez que nos espera de braços abertos para a alegria de não estar nem mais aqui nem mais lá e nem mais em nenhuma outra dimensão diferente daquela onde somos/ Ahhhhhhhhh, como é bom este negócio.

o velho pai

Saio correndo na chuva em busca de uma padaria ou de um posto de conveniências. Precisava comprar a minha primeira carteira de cigarros em seis anos. No caminho, trombo com um tipo esquisito, encharcado, com um brilho raivoso nos olhos. O brilho de quem tem acesso ao inferno. Ele grita "anda mais devagar, velhinho." Sinto um impulso correr pela espinha. Sua voz parecia me dizer "o perigo, hoje, quer te experimentar." Ouvia em meus piores pensamentos o grito fundo do meu filho me pedindo socorro. Meu filho está sozinho. Não posso deixá-lo. Quem disse? Ele fica solitário a maior parte do tempo, não deveria me preocupar com uma coisa destas. Antes de chegar peço a Deus para que os meus pensamentos deixem de me importunar por um minuto.

Um alívio intenso quase faz meu corpo padecer. Sento no meio da loja, como um bêbado qualquer faz para recobrar as energias. As pessoas me reconhecem: sou um típico homem médio de camisa e sapatos marrom. Elas sabem que um mendigo não possui esta aparência. De duas uma: ou irão me pilhar (me deixando nu numa esquina qualquer) ou me socorrer oferecendo serviços filantrópicos.

O senhor está bem? Diz a caixa. Embora haja clientes comprando, ela vem até mim.

Obrigado, moça. Não é qualquer um que tem esta educação.

O senhor quer alguma coisa?

Uma carteira de Malboro vermelho e um isqueiro Bic.

Olho para as latas de cerveja posicionadas em fila na geladeira a minha esquerda. Lembro de todos os meus porres e de quando parei de beber, no dia do enterro da minha esposa. Avalio as vantagens e desvantagens. Mas uma latinha não faria mal a ninguém. Certamente, eu sentiria os efeitos daquela bebida em segundos, já que não sou mais habituado a consumir grandes quantidades de álcool como eu era há uns vinte anos. Saco o meu cartão de crédito e deposito as minhas esperanças no efeito daquela bebida dourada.

Olho para todos os lados para conferir se o homem com o olhar furioso não está me esperando na saída. Sigo em frente com a lata em punho. Bebo fartos goles daquele líquido semigelado. Espero o meu estado de espírito se alterar. Acendo o cigarro com a força de um gigante levantando uma montanha.

A minha frente, uma boate estilo "american bar". Já um pouco alcoolizado pela franzina dose de cerveja tomada de chofre, entro pelo portal do inferno, em busca daquilo que eu já havia esquecido. "Lá ninguém poderia me deter", é o que eu penso, destilando uma ingenuidade adolescente que há anos eu não sentia. Já na porta, uma jovem puta drogada me dá as boas vindas

E aí? Paga um drink? Sua fala possuía a feição do banal. Sua juventude parecia ser sugada pela sombra que se propagava por todo o ambiente. Um odor de baunilha, próprio dos perfumes baratos de hoje, me inundava de uma tontura acachapante. Não estou acostumado com este tipo de sedução perversa. Qual tatuagem ela teria nas costas?

No palco um garoto tenta currar uma garota nua, aos brados de seus comparsas já bem alterados. Com tantas luzes e barulhos, duvido que alguém consiga manter o pau duro. O garoto sai de lá ridicularizado. Um locutor avisa que aquilo se tratava da comemoração do seu aniversário (de quinze anos, acredito). Nunca mais ele volta.

Sento num canto mais velado do recinto. Mais umas quatro garotas pedem para que eu pague um drink. Peço um balde de cerveja (lá se vai um terço do meu salário). Tomo uma. Duas. Três. Começo a entender mais sobre abandono. Minha vida não possuía os venenos ideais. Quando foi que abdiquei da vontade de beber? Não lembro. Sei que agora poderia consumir todo o bar e gastar o dinheiro do mundo inteiro com estas pessoas. Poderia me igualar a elas. Sentir o bafo das suas lamentações. Conhecer a fundo suas intimidades e anulá-las, uma por uma.

Seis long necks depois, minha bexiga está prestes a explodir. Todos pareciam me ver como um intruso ou como uma autoridade à espreita. Vou em direção ao mictório e a prostituta da entrada cheira uma carreira de cocaína no mármore da pia com a porta escancarada. Ela percebe a minha presença. Seus olhos possuem a fúria de um tigre esfomeado. Finjo que não é comigo.

Como se eu nunca tivesse pisado ali. Como se eu fosse um fantasma passeando pelos lugares mais obscuros da cidade proibida. Ela me pergunta:

Quer dar um tiro, tio? Poderia fazer aquilo também. Poderia dar um tiro. Experimentar a deusa branca da submissão.

Com uma altivez ensaiada, digo que sim, que quero dar um tiro.

Eu vou cobrar, hein... Você me paga o drink depois?

Pago. Não se preocupe. Cheiro aquele pozinho branco com a disposição de um jogador de futebol.

Agora passa o restinho nos dentes. Ela diz, já detectando o meu amadorismo, a minha patética encenação.

Eram as minhas férias, penso. Estava de férias com a turma do rock e com suas mulheres de brinquedo. Isto poderia muito bem ser um camarim... Os rockeiros devem frequentar este tipo de ambiente. Ela me dá um beijo na boca, com a língua untada de cocaína. Sinto uma leve ereção. Vou para a pista e pago o drink da menina. Ela começa a falar coisas no meu ouvido. Coisas supostamente excitantes. Peço um uísque. Puro. Tomo de uma só vez. Talvez estando bem alcoolizado, ele volte a funcionar. Ela não para de abrir e de fechar os lábios, efeito das doses de estimulante inaladas durante um dia inteiro de labuta.

Você me acha feia? Porque quando me olho no espelho encontro um monstro caindo aos pedaços me acho um monstro sério um monstro é que você é homem você não entende certas coisas não repara em certas coisas e todos os dias quando acordo sinto o vazio da manhã me maltratar por dentro, entende? Você é homem você não entende sinto o vazio do dia me encurralar mas você é bonito você entenderia uma mulher como eu você daria tudo para ter uma mulher como eu não é? Pois eu vou te dar tudo e um pouco mais consegue imaginar a minha língua passeando pela suas bolas vou engolir elas todinhas vou chupar o seu pau e secar toda a porra que existe dentro do seu corpo pois vou engolir tudo com o maior prazer do mundo e vou te engolir te engolir e te prender como uma ventosa através dos buracos do meu corpo feito para te seduzir te engolir te consumir aos poucos sem você perceber pois você estará em estado de êxtase e torpor sim sim sim vou deixar você enfiar no cu e você vai gostar pois você durante toda a sua vida sempre sonhou em ter uma mulher como eu não é mesmo? Você sempre sonhou em passar o resto dos seus dias trepando com uma mulher como eu não é mesmo? Eu vou te cavalgar direitinho gostoso vou cavalgar até você explodir de tanto gozo vou fazer você gozar tanto que você vai pedir chega você vai pedir chega não quero mais gozar você vai achar insuportável gozar e vai pedir para viajar para outro lugar para outra dimensão para a terra dos sentidos distorcidos eu estou muito louca não é legal? Não é bom este pó? Peguei diretamente da Bolívia não é bom? Não é bom? Não é bom?

Respondo várias vezes àquela louca e tento me desvencilhar de seus tentáculos. Ela bebe pra valer. Pede doses e mais doses de bebida sem me consultar. Sem pena de um pobre coitado que havia perdido o emprego há algumas horas. Ela ri histericamente e parecia, como alguém mostrando um troféu, querer ostentar o seu atual par para os selvagens que nos observavam desconfiados da situação. Uma tensão aparente perpassa toda aquela cena. Atrás, no balcão, reconheço a face da tragédia a me olhar com seus olhos furiosos de assassino. Ele sorri pra mim, como se eu não passasse de um monte de bosta. Engulo o uísque de uma só vez. O mundo como um bambolê começa a girar mais rápido. Sugiro à garota para que passemos à próxima etapa do nosso programa. Ela demonstra uma empolgação derrotada, fruto de uma total falta de perspectiva. Me dá um beijo na testa, falando que agora eu teria uma experiência inesquecível.

Vou até o caixa pagar adiantado no cartão de crédito pela minha uma hora de "amor". No caminho, a jovem prostituta cocainômana não parava um só segundo de falar. Ali começavam os meus verdadeiros problemas. O total da conta não correspondia à quantidade de drinks que eu otariamente havia comprado para mim e para a gralha insuportável do meu lado. Logo quando comecei a reclamar, um segurança parrudo me bateu no ombro dizendo "paga a moça logo". A "moça", que até então demonstrava ser uma grande novíssima amiga (contando histórias comoventes sobre a sua curta trajetória na prostituição) veio em defesa do colega.

Isto, paga logo esta merreca. Tu é rico e fica regulando mixaria.

Enquanto a jovem filha da puta continuava com a sua palestra sobre "como ser um saco de estopa travestido de ser humano", uma pessoa me encarava continuamente no trajeto para a sala vip daquele antro terrivelmente iluminado por lâmpadas coloridas. Começo a suar frio. Aquele desgraçado conseguia me meter medo. O som da boate agora era parecido com o ranger de metais pesados em alguma metalúrgica em época de alta produção. Logo, a pista onde as strippers davam o show ficaria escura. Neste momento, uma luz roxa era a única iluminação. A minha frente, um sorriso sarcástico me encara junto com duas córneas raivosas e injetadas de sangue.

Falo para a garota tagarela que precisaria ir ao banheiro antes de entrar na sala vip.

Não estou passando muito bem... Você entende, não é?

Te encontro lá, tio.

Tento achar a saída de qualquer jeito, mas aquela estranha iluminação roxa havia transformado o lugar num labirinto escuro e tétrico. Vou até o banheiro e vomito todo veneno alcoólico que uma fábrica brasileira de beira de estrada insistia em chamar de uísque. Percebo que várias garotas do lugar consomem cocaína adoidadas. Estou num ninho de vampiros. Esbarro num estudante bêbado que me ameaça com uma garrafa de vodka.

Quer morrer, velho?

Durante o trajeto que eu construía para lugar algum, eu esbarraria em mais uns cinco estudantes, até que finalmente ele, o último ser humano que eu esperava encontrar no inferno, aparece todo prosa, com a gravata amarrada na cabeça e a disposição de um empresário bem sucedido.

Você por aqui? Ele começa a falar, como se estivéssemos na concessionária, conversando sobre os carros da nova geração.

Garoto, escuta, não posso falar agora... Onde é a saída?

Espera, toma um drink com a gente... Deixa eu te apresentar, esta é a Camila. Os olhos da puta mastigavam todo o ambiente. Sua boca parecia ter sofrido um derrame. Estava completamente estriquinada.

Olá... Olha garoto, não estou passando bem... Onde é a saída?

Ao falar isso, uma garrafa se quebra em minha cabeça. Na hora, não senti dor alguma, apenas um tranco forte me empurrando para frente. Ao abrir os olhos, no chão, alguém me chutava a barriga. Vou me arrastando em direção ao nada. O lugar está um pandemônio. Na minha frente, uma fresta de luz (fruto de um farol de carro) me demonstra, finalmente, o caminho para a liberdade. Lá se foram suados trezentos e cinquenta reais.

Olho cuidadosamente para a rua, com o intuito de me proteger daqueles olhos furiosos. Meu coração estava a mil devido à carreira que eu havia cheirado com a garota. Ninguém gosta de usar solitariamente aquela porcaria, todos precisam de um cúmplice. Aquela miserável iria fritar sozinha nas próximas horas. A minha neurose já havia ultrapassado os limites do suportável. Precisava correr, queimar toda aquela disposição representada pelos desritmados batimentos cardíacos do meu coração senil. Meu pensamento me torturava com ideias incompreensíveis. Pensando melhor, eu precisava mesmo era da minha cama. Precisava fritar na minha cama. Sou capaz de ter um treco aqui e agora. Os copinhos de café da concessionária não eram nada perto daquela substância amortecedora. Minha cara estava amortecida. Ele está por aqui. Ele está por aqui, eu sei que ele está por aqui. Em algum lugar. Escondido atrás de algum veículo, de algum poste, de alguma caixa de correio, de algum monte de lixo. Tenho certeza que ele está me olhando de algum lugar. Esperando o melhor momento para me meter chumbo. Para estraçalhar a carcaça de um velho coitado como eu. Ele não tem pena dos velhos. Apareça, droga. Não me deixe esperando pela morte, aqui sozinho, em frente ao inferno e aos seres cocainômanos do inferno e aos cheiros, a temperatura, as imagens, as mulheres, as substâncias, as sensações do inferno. Não quero morrer no inferno. Por favor, me mate em outro lugar. Em outra dimensão. Na dimensão onde os filhos não existem e onde não precisamos nunca dar satisfações para ninguém. Estou ouvindo passos. Os seus passos. Os passos daquele que possui os olhos furiosos do meu algoz, que é o meu fim, a minha última tentativa de redenção. Estou ouvindo uma respiração acompanhando a minha. Estou sentindo o fedor do suor. Do seu suor. Do nosso suor, misturado. Um odor de esgoto. De desespero. Atrás de mim, uma voz se impõe. Além da voz, apenas o silêncio. Não, eu não tenho cinquenta centavos, penso. Seus olhos estão em brasa. Não, eu não sou um velho. Sua mão parece segurar a adaga do final. Não, eu não sou apenas um velho. Sua voz possui a textura do meu sangue. Não, eu não quero morrer.

a mãe

Eu sempre estive morta, meu amor.

ele

Já estou sufocado e as ausências todas lá – pisando a terra do meu sufocamento – inclusive a minha ausência. Como sair então desse portal de vai e vem de deslizamentos de terra sujeira lodo pântanos mucosas e sufocamentos – a orquestração do afogamento que não mata. Julgo ser melhor sair ando ando ando e as ruas permanecem vazias – quais fantasmas tocam a harmonia da desilusão. Onde iremos parar com essa multiplicação de ausências. Então as portas se abrem e o vento me convida – entro em todas elas ao mesmo tempo. E me despedaço dentro de todas elas para me juntar na ausência de todas vocês. As janelas cospem suicidas e o último gato do telhado fuma os restos da minha pele petrificada. Não se trata de distorções – é exatamente isso que está acontecendo agora, nesse exato instante e em todos os instantes ao mesmo tempo. São bolhas de ar que estouram exalando um suor de erva mate um suor de suor de suor de dobras de suor. Eu entrei aqui e vou definitivamente vou até o fim dos dias – não posso voltar atrás. Não posso acabar como a coisa – a coisa acabou? Sim – não posso acabar como a dúvida da coisa. Não posso reconhecer – perco a capacidade de reconhecer. Mas o que são essas manchas dentro da minha boca? São pontos pretos deslizando pelos dentes e acabando na bochecha na parte de dentro. Elas irão aumentar – perco a capacidade de reconhecer – ou pelo menos penso em perder – como se perde ausências – como se perde o adeus das ausências. Essas pintas essas pintas – dentro da boca. São sementes? Outras bocas nascerão? A quem pedir ajuda agora? Sufocado pelo pisoteamento das ausências – perdemos a capacidade de pedir ajuda também. Daí acreditamos em outras hipóteses. Pensamos – essas pintas são buracos negros essas pintas são os olhos do lince essas pintas são os olhos da cobra essas pintas são os meus olhos que querem me olhar por dentro. Olha lá olha lá! São elas passando na velocidade da luz e as bolhas em meus dedos aumentando. São parecidas com as da boca – migraram? E se elas se transformarem numa coisa nova e negra – escuridão da escuridão rumo ao nada. Eu confesso – a ausência sente medo do nada. Principalmente quando ele é materializado nesses pontos pretos em minha boca. A menor densidade do mundo não dói – pontos pretos. O cheiro das tintas que me atravessam que me desenham que pintam os pontos pretos na minha boca me sufocam – as ausências somem na minha frente como um telão com mal contato elas aparecem e somem e o sufocamento e a tontura e as tintas pintando mais em minha boca e meu interior exterior. Sujo o interior com a estrutura básica da doença a doença em seu estado primário a doença que gera todas as doenças. Agora falo ininterruptamente para expurgar os pontos pretos – eles não doem e essa é a maior dor. Calos se formam nos nós do tempo-espaço e eles se desfazem e provocam outros pontos – manchas vermelhas azuis verdes acinzentadas. E o que dizer desse sistema respiratório de ausência entupido de secreção – uma coleção de cores indigestas elas passeiam elas afirmam elas engolem como pílulas as pintas negras de minha boca – na boca de todas as ausências – por que sou todas as ausências – pretende ser, diria a coisa – a coisa que já foi coisa todas as coisas foram coisas e agora ausências. Ali, no canto esquerdo, o que guardam aquelas embalagens? As pintas? Mas elas estão aqui – na minha boca, atestando suas presenças. Abro. Um odor de mofo desenha o nome de todas elas no teto para depois formar a palavra câncer. Onde por que agora? Nada se mistura ao vento. O vento parou para observar o som da voz da coisa também estático também se fingindo de morto - a coisa está morta. Mas então o que são esses isqueiros se acendendo e se apagando? Quem acendeu as velas da rua? Quem precisa ser iluminado? Meus pontos meus pontos possuem iluminação própria e o reflexo de suas iluminações é uma profunda e incomensurável escuridão. Não posso ceder – onde por onde onde devo continuar? Não posso ceder. Há aquele grupo de vespas – são milhares – elas performam suas mortes, danças, negras e brilhantes e machucam todas as ausências com seus ferrões – há essa alegria no machucar – e esse aviso: não ceda. Há as oscilações das flores e derramamento de pétalas – há um gesto esquecido no armário e as ausências com seus sorrisos acumulados. Há sangue e coagulações nas pintas que não são mais minhas que bordaram um espaço para se acomodar. Há um rabisco de raios há um cordão de esperas há o rompimento das luzes. Há escuridão no útero em que pari cada uma das ausências. Você pode escorrer em todos os lugares todos os lugares – você pode escorrer em mim por que sou todos os lugares. Estou enclausurado em todos os lugares. Então, calculamos os estragos – eles possuem as mesmas quantidades de ausências! Impressionante a mobilidade dos números! Frio sobre frio – pedras de gelo derretendo em nossos neurônios. EU SOU O ÚNICO CULPADO, TÁ ME OUVINDO? EU SOU O ÚNICO CULPADO DE MORAR NA RUA! EU SOU O ÚNICO CULPADO DE VOCÊ TRABALHAR NESSE PUTEIRO, SUA PUTA IMUNDA – EU SOU O ÚNICO CULPADO DE SER O QUE EU SOU – NADA! ABSOLUTAMENTE NADA!!!!!!!!!!!!!!

o casal

Vamos acabar com isto. Tomo o cachimbo. Ele deita no meu colo. Canto a música do Minus the Bear. A nossa música. Ele sorri suavemente e diz:

Eu te amo. Você sabe disso, não sabe?

Sim. Eu também te amo. Pelo menos, naquele instante, sentíamos que era legitimo dizer aquelas palavras. A pedra nos dava esse direito. Dou uma última bola. Uma pausa então se alarga pelas frestas do entendimento. As horas passam como os degraus de uma escada rolante vazia. O dia começa a amanhecer cinzento como sempre. Eu não paro de olhar para o mofo que se instalou na parede. Ele tem a forma de um buraco negro.

Tenho um medo fodido da morte.

Nós temos tornado as coisas mais fáceis para ela. Sua voz treme. Está mais fragilizado do que eu.

Às vezes, penso que deveríamos tomar todas as precauções possíveis para que isto não aconteça. A morte é como uma praga infestando o nosso corpo, dando os seus sinais de luto. Tenho um medo fodido de morrer.

Não pense mais nisto. Quem pensa muito na morte, não sobrevive com ela do lado.

Você não pensa na morte?

Penso na vida. Em outra vida.

Que vida?

A vida que a gente não teve.

segunda parte
A DEMOLIÇÃO

o filho

Demoliram aquele prédio. O prédio onde você morou. Na infância. As pedras perderam o cheiro do passado. Nunca mais o principio do suicídio. Nunca mais uma possível liberdade. Nunca mais a luz que nos matava de manhã. Onde foi parar nosso ódio? É sobre a morte que tanto conversamos? Quem afinal de contas merece o nosso assassinato? Numa coisa temos que concordar, senhores: ainda não achamos a vítima. Quantos bairros percorridos? Poderíamos contar a quilometragem. Casas e mais casas. Nada de interessante, apenas cachorros latindo numa altura absurda. Ferindo os nossos ouvidos. Não quero mais falar sobre a morte. Por favor, parem de falar sobre ela. Qual roupa arrancaríamos? Você não fala sobre mulheres, aliás: quando foi que perdemos a virgindade? Não quero me lembrar. Você quer dizer: não precisamos lembrar disso. Um assassino não lembra de seus traumas. CALA A BOCA! Mas você não é um assassino. Um assassino não conversaria com crianças. Eu não converso com crianças. Tenho medo de machucá-las. Você lembra de seus traumas? Eles lhe fizeram assim: um assassino. Ele está se aproximando. Muito pelo contrário. Como você pode ter certeza? Isso não foi um trauma, você diria. Estamos concentrados na vítima ou na sua virgindade? Poderíamos nos concentrar nos dois. E se você observasse apenas aquela criança tomando um sorvete? E se você vislumbrasse as possibilidades, os motivos e implicações de se matar uma criança que calmamente toma um sorvete no meio da calçada? Não. Seu pervertido. Não se deve pensar em matar crianças. Você postulou agora esta regra? Faz tempo criei uma barreira anticrianças no meu cérebro. Elas estão resguardadas num canto intocável de algum buraco negro do cérebro. Nada de crianças e animais domésticos. A garçonete com seu decote cafona? Ela é inofensiva: não há razões suficientes para o esquartejamento. Não gosto disto. E se eu dissesse que ela nos procurou de novo? Ela quem? A voz. A voz nos procurou de novo, hoje à tarde. Você é a voz. Não há voz, pare de me falar da voz. Ela dizia "você não quer tomar nada? Um copo d'água? Um suco de uva?" Ela é uma criança. Quem? A voz. Não é possível. Ela é uma criança que o procura para brincar à tarde. A última da fila, a rejeitada, a cuspida, a jogada no lixo todas as manhãs. Agora, por que justo eu? Porque você não mataria crianças. Claro que mataria. Mas e a barreira? Você construiu tijolo por tijolo um muro em seu córtex cerebral e há tempos incrustou a machadadas este aviso: crianças desconhecem a culpa, devemos protegê-las e ensiná-las sobre a culpa. Crianças podem ser perigosas. Crianças podem matar. Você quer acreditar nisto. Porque matar exige técnica, treinamento, destreza.

o velho pai

Não choro. Penso apenas no que poderia limpar o que há por dentro. Agora é como se cada gesto representasse um soco. Passo pelo banheiro e uma neblina cheirando a sabonete me entorpece. Lembro-me de como era esquecer o mal durante o banho. A água escorrendo a sombra que me atravessava de dia. No percurso da sala para o quarto vejo meu filho, olhando para a noite. Ele é a própria madrugada densa e escura. Por algum motivo ele entende a existência de estrelas e explosões. Não me olha e parece não notar a minha presença. As paredes de seu quarto estão rabiscadas. Desenhos de paisagens estranhas, lúdicas. Faz tempo tento adivinhar o seu raciocínio, os seus sentimentos. Lavo as mãos, desesperadamente, pensando que ele poderia muito bem aparecer a qualquer momento e me perguntar sobre o líquido vermelho quase coagulado entre os meus dedos. Ele não vai aparecer. Ele nunca aparece. "Como foi capaz de matar uma pessoa?!" "Limpeza, filho. Você entende, não é? Limpeza", penso. Abro o chuveiro. A água cai gelada em meu corpo, provocando uma avalanche de lembranças ruins. O olho da vítima pouco a pouco perdendo o viço, adquirindo uma textura fosca, igual a de peixes mortos numa vitrine. Poderia esmagar aqueles olhos. Poderia escavar com uma espátula todo o conteúdo daquele buraco onde outrora morava um globo ocular. O que eles tanto veem através? A temperatura esquenta. Sinto um alívio profundo, algum santo me livra por segundos do meu passado recente. Ardo por mais ou menos uma hora naquela temperatura redentora. Como se eu esperasse um descolar de moléculas, um encontro impossível entre o que eu nunca deveria ver ou sentir. Olho no espelho e a imagem não poderia ser pior. Uma sacola plástica nadando nas ondas perdidas do vento num lixão a céu aberto. Tento escovar os dentes. Tento fazer a barba. Tento construir ações frívolas na esperança de retomar o espaço mundano de antes. Decido que o melhor é deitar e esperar o sono surgir. Tiro meticulosamente as minhas roupas. Primeiro a camisa manchada, botão a botão. Depois a calça, as meias, os sapatos. Nada poderia me descobrir no esconderijo do quarto. Tenho esta certeza guardada num dos cantos do espírito. A cama é o meu casulo. Finalmente, estou guardado dentro do meu casulo úmido que é esta cama banhada em arrependimento e suor. Apago a luz da cabeceira. Os vultos do teto são como a tela de um velho cinema em chamas. O barulho deste fogo me consome, o som arde na pele dos sentidos. A tentativa de assalto. A fúria em meus olhos. Consigo me encarar. Rogo uma praga a mim mesmo. Assassino.

Tem cinquenta centavos, vovô?

Pega, tá aqui

Quero mais, vovô.

Você me pediu cinquenta centavos.

Tenho cara de otário, seu rico de merda?!

Não sou rico.

Cala essa boca e passa tudo que ce tem, velho otário.

Não sou velho.

Tá bom, garotão. Tá vendo esta faca?

Você não tem faca nenhuma nas mãos.

CALA A BOCA! QUER MORRER? QUER MORRER?

Então ele me dá uma rasteira. Agarra o meu pescoço com o braço e esbraveja a todo momento a anunciação da morte. A morte que observava sorridente todo aquele acontecimento.

Você me deu o sinal.

Que sinal, do que cê ta falando, velho?! Vou te matar agora mesmo.

Não vai me matar porcaria nenhuma.

Do que você tá falando, porra?!

É por causa de gente como você que o mundo tá explodindo, sabia? É por causa de gente como você que meu filho tem medo de andar pelas ruas da cidade, sabia? É por causa de gente como você, a escória, o chorume, o dejeto, que nada pode dar certo neste país de gente medíocre, de gente mesquinha. Eu tenho nojo de você e da sua raça de escrotos. Você está com medo, garoto? Está com medo deste velho?

Eu vou é matar você agora!

Enfiei com força o dedo indicador em seus olhos. Me desvencilhei. Aquele marginal ainda teve tempo de meter um chute bem no meio do meu fígado. Era tanta adrenalina que a dor parecia ser mais um abraço fraterno dos meus piores desejos. Revidei com um golpe entre as pernas, um velho truque que logo na adolescência a gente aprende. Depois, esmurrei a sua cara. Uma. Duas. Três. Vinte e cinco. Quarenta vezes seguidas sem parar. Até o momento em que não sentia mais socar a sua face, mas, sim, um amontoado de carne e ossos. Me levantei. Dei chutes por todo o seu corpo, para extravasar o que restava da minha fúria. Era uma raiva antiga, fruto de quase dez assaltos ao longo de quatro anos e meio de convivência com esta gentalha. Em nome de meu filho. Em nome da arma apontada para a cabeça de uma criança. Cuspi naquele monte de carniça suja.

o filho

Uma criança pode muito bem se esconder pelas frestas de uma casa abandonada e esperar calmamente a sua vítima aparecer. Uma criança sabe exatamente como uma barata se esconde. Como um rato se esconde. Elas dominam o medo, como um vírus que domina a arte de infectar. A cara dela me enoja. Pare de tentar se comunicar comigo. Nós sabemos. Seu andar, o barulho da sola do sapato de couro me enoja. O cheiro do couro me faz vomitar. Você tomou seu copo d'água? Qual deles? Para de falar. Por que você não escuta o que nós temos para dizer? O cheiro de couro me faz vomitar. Melhor seria se ele não existisse. E quanto ao cheiro de cigarro? Não ligo. Esta criança suja. Já pensou que nós podemos nos afogar com esta areia toda. Mas este não é um deserto de verdade. Mas você sente a areia, não sente? Suas ondas, sua lixa, seu rasgo. Culpa dele. Ele pode ter provocado este rombo com o seu andar marcial. Passo por passo. Passo por passo. Você nunca bateu em seu rosto? Não, não poderia. Por que ele é uma criança? Pare de tratá-lo como uma criança. E a noite? Aquele zumbido de mosca a pairar por toda casa? E os estalos, as luzes, as vozes, a gritaria que nos perturba no escuro? Nada disso. Há um sono pairando nas madrugadas. Ele contratou esse sono para cobrir as madrugadas de tédio. Ele parece machucado. Suas mãos parecem arrebentadas de sangue. Uma briga? Ele pode ter mergulhado em si mesmo, arrancado o câncer da fúria que o consome. A TV tá gritando lá na sala. Finalmente, hein? Agora você pode escutar aqueles sons que tanto te acalmam. Mas nós vamos continuar rosnando em seu ouvido, não se preocupe. Vocês poderiam me dar alguns minutos de silêncio. O silêncio nunca poderia tomar o nosso lugar. Nós engolimos o seu silêncio. Pra sempre. Ele me protege. Sem ele eu não estaria aqui este tempo todo. De quem você está falando? Por acaso você não está falando da criança?! Eu não mataria uma criança. Você não mataria ninguém. Porque ninguém existe, lembra? Não existem as pessoas todas que você fala que existem. Existem as crianças. E elas gritam. Elas esperneiam. Querem comida. Água. Um pouco de atenção. Você não mataria aquela criança porque aquela criança está sempre do teu lado sempre te espreitando sempre falando o que não pode ser falado. Ela não fala. Mas possui um rosto. Sim, ela possui um rosto. Ela mastiga a sua cabeça minuto a minuto. Por que vocês não deixam ela falar? O silêncio é fundamental. Sem a gente você não estaria aqui, desenhando o mundo. Eu não terminei ainda. Porque o seu mundo não acaba e ele quer acabar com o seu mundo. Ele quer que o seu mundo seja o dele. O mundo dele.

o velho pai

Desempregado, mas ainda com a capacidade de reagir. Desempregado, mas com força o suficiente para limpar as ruas desta cidade. Desempregado, velho e sem aposentadoria. Dane-se. Ninguém poderia me considerar um velho, agora. Um herói nunca envelhece. Assassino. Enfim me sentencio como numa igreja um pecador se persigna no confessionário. Assassino. Era o que eu ouvia do meu filho, a própria personificação da solidão. Meu filho, a silhueta. Meu filho, o estranho. Meu filho, o silêncio.

Depois de alguns minutos de euforia, me veio a revelação, "e se eu o matei?" Confiro a respiração, o pulso – nada. Agora, com a novidade da morte à minha frente, um vácuo insistia em chupar todo o lirismo que a cena possuía antes. "O que fazer com um morto... Deus, não fui criado para matar... Por que isto agora... Uma surra apenas, por tudo o que eu já havia passado... Mas a morte?" Comecei a imaginar um método eficiente para esconder o cadáver. Queria chorar, mas o meu organismo não correspondia a este estímulo. Quando eu vi, já estava escondendo aquela carcaça podre dentro da caçamba de alguma construção do centro da cidade.

o filho

E se nós atirássemos ele pela janela? Mas é apenas uma criança. Uma criança indefesa com sangue nas córneas. Com ódio na saliva. Ela grita? Não. Ela deita e dorme e procura o nosso silêncio. O que ela poderia querer com o nosso silêncio? Isso é segredo. É o segredo que ele guarda e não conta para os pais. Os pais. Ele não tem pais, idiota. Ele não tem nada. Ele tem apenas o seu silêncio que não é dele. Nunca será. Nós não vamos deixar ele roubar o seu silêncio. O meu silêncio não existe! Você poderia parar de tratar os seus amigos dessa forma. Não posso acreditar que uma criança seja capaz de utilizar uma arma. Uma arma de brinquedo, talvez. Ela é cruel. Ela te olha e busca em seus olhos o silêncio, mas nós não vamos deixar ele entrar aqui. Eu me sinto tão sozinho. Ingrato. Você é um ingrato. Nós aqui conversando esse tempo todo e você buscando esse silêncio imbecil. Parem um pouco. Você merece apanhar. Não me batam. Vamos arrebentar um pouco o seu cérebro, o que você acha? Não comecem. Vamos surrar aquele rosto até não restar mais nada, até não restar mais vida, inteligência, emoção. Vamos dar um sumiço em toda e qualquer alma que se aproxime da gente. Ele não precisa saber. A criança não sabe de nada. Ela não sabe do nosso esforço para te manter acordado. Eu poderia estar dormindo todo este tempo. Não é possível. Porque ele está do seu lado. A criança. Você sente o toque das mãos da criança, a sua ingênua preocupação. Ela me observa. Está sempre me observando. Por isso estamos aqui, pra te proteger. Pra te proteger do pior. Estamos aqui para falar o quanto for possível. Embaçar a minha visão. Vocês precisam me deixar comer um pouco. Não estamos te impedindo. Você pode comer a hora que você quiser. A criança vai te oferecer comida. Aquela criança grande. Tá ouvindo os passos? Tão jovem e com problemas nas pernas. E o cigarro? Fazia tempo não sentia o cheiro de cigarro. Aquele cheiro te acalmava, lembra? Aquele cheiro te levava para outros lugares. E a gente sempre escuta falar que o cigarro faz tanto mal. Para aquela criança não faz. Que imagem triste: uma criança fumando um cigarro. Mas nele o cigarro não fica estranho. Nele o cigarro traz a imagem do desespero. Crianças não possuem esse desespero. Esse desespero cansado. Mas esta possui. E nos olha como se olhasse para um céu escuro. Como se ao abrir a boca pudéssemos reproduzir o buraco negro. Sinto que ele é engolido pelo meu silêncio. A criança. Ela chora no canto da casa, procura o seu orgulho espalhado em algum canto da casa. Vai para a cozinha. A casa inteira é formada por velharias. A geladeira, a TV, as comidas. As comidas que apodrecem pela casa. Ele é apenas uma criança. Uma criança assustada.

o velho pai

Com certeza quebrei um dos dedos da mão direita. O indicador. Ele lateja. A minha mão toda está inchada e roxa. Disfarço as lesões com uma luva preta de frio que eu guardo no armário. Lembro da vizinho e de seu olhar fixo no visor do elevador. Será que reparou nas minhas mãos? Por que diabos esqueci de apertar o botão do meu andar? O que aquele moleque poderia fazer a respeito? Como pude ser tão burro numa hora daquelas? Um assassino deve aprender a calcular os seus movimentos nas situações mais inusitadas. Não posso dar margem ao erro. Se precisar, apago ele.

Sem a concessionária, eu passeava por escombros. Vou à padaria, tomo um café com leite e, apesar da minha resistência, as imagens do crime transbordam os ácidos do corpo para fora. Como um misto. Penduro. Até o final do mês, a minha conta com certeza estará acima dos três dígitos planejados por mim no início do semestre. Dou uma volta no quarteirão. Tenho ainda a carteira de ontem à noite. O plástico que a envolve está coberto com um sangue ressecado, onde posso visualizar minhas digitais trêmulas confirmando meu ato intempestivo. Jogo fora o plástico e apenas alguns respingos sobram na borda da caixa. Acendo um. O alívio parece me afundar na calçada de petit pavé. Sinto tontura. Cambaleio de maneira estranha, feito um bêbado em meio a um folião de carnaval. Dois mendigos começam a rir da minha cara. "Matei um dos seus", penso. Caminho com sofreguidão até um banco de praça a três metros de mim. As tábuas suam, descascam e possuem o sangue-frio de um iceberg no meio do oceano. Fecho os olhos por alguns segundos e lembro vagamente da sensação de estar em movimento, no meu escritório de vendas. O sorriso do cliente ao comprar um carro, suas expectativas, suas esperanças. O tempo está suspenso na cidade mais cinza do país.

A minha frente, dois garotos sujos fumam pedra numa lata de Coca-Cola enferrujada. Não é mais um privilégio dos notívagos a convivência com os seres do inferno. Eles destilam um medo desesperado. Olham em minha direção, como que tentando identificar qualquer sinal de autoridade. De repente, saem em disparada. Sinal de respeito? Eles agora me respeitam? Será que sabem da minha coragem, do vácuo que dança lentamente pelas bordas do meu estômago?

o filho

E se nós tomássemos uma providência quanto a "não deixar a casa afundar"? Estamos no meio da areia movediça. A casa está afundando em esquecimento. Por isto estamos aqui, para salvá-lo do esquecimento. E se levássemos a criança junto? Ela não quer a nossa ajuda. Ela não quer seguir um retardado como/ CALA A BOCA! NÃO ME CHAME DE RETARDADO! Não precisa chorar. Você sabe muito bem o que você é. Você sabe como as pessoas te encaram nas ruas. Você não é o melhor exemplo de normalidade, não mesmo? Você é esquisito. Você sabe. Para de chorar. Para de chorar se não a gente começa a gritar até que os tímpanos do seu delicado ouvido se rompam. Está me ouvindo? Está me ouvindo? Está me ouvindo? Está me ouvindo? Está me ouvindo? PARA! Tudo bem, eu sou um retardado esquisito. Admito, as pessoas têm medo de mim. Isso, as pessoas têm medo de você. Mesmo a criança tem medo de mim. A criança tem medo de você e da legião que mora em você. Quando foi a última vez que apontaram a arma para a minha cabeça? Só apontaram uma vez a arma pra você e você aguentou firme, você não chorou. Não sou criança. Mas nós somos. Somos aquelas crianças lá, lembra? Aquelas crianças que não foram protegidas, que conheceram de perto a mágoa. Não quero me lembrar delas. Claro que você quer. E essa criança grande que vem te visitar todos os dias também faz parte deste luto e veste

este luto e fala sobre este luto e adora o luto hora após hora com os seus passos largos com seu andar claudicante com sua sensível falta de bom senso. Você gosta quando ele vem conversar contigo? Ele quem? A criança, oras. O garoto grande com roupas de adulto. Ele fala desta forma porque está vestido de escuridão e ele nos conhece apesar de nos desprezar. Por que ele nos despreza, hein? Você tem uma explicação pra isso? Você tem uma explicação pra todo esse desprezo? Ele precisa continuar, precisa continuar com a cara de criança. Mas ele é uma criança. Apesar do bafo de cigarro e de seus olhos opacos, ele é uma criança. Uma criança que entregou os pontos. Você gostava tanto de x-salada. Todas as crianças gostam e é por isso que eu não as entendo. Por que o x-salada é um convite para o inferno, para o sangue escorrendo, para o encontro com o nada. Mas é apenas uma comida. Você está rogando uma praga para uma comida, seu estúpido. O hambúrguer me dá vontade de vomitar. De me atirar pela janela. Mas você não faria isso. Porque se atirar pela janela tem a ver com suicídio. E você conhece esta palavra, suicídio. Ele já falou dela pra você. O suicídio é o filho natimorto da mágoa. Você despreza o suicídio. Não posso desprezá-lo. É uma possibilidade. A possibilidade que não está mais ao meu alcance, porque vocês esvaziaram todas as possibilidades.

o velho pai

Entro cabisbaixo pela portaria. No elevador, a velha vizinha investiga o meu corpo em busca de indícios. Ela naturalmente prepara a fofoca do final de semana. Seu perfume é insuportavelmente doce. Não diz uma só palavra ainda, mas me despreza, feito um tubarão ao mirar um peixinho dourado. A gente sente este tipo de coisa. Somos habituados a sentir e a suportar esse tipo de coisa. Sua blusa quase transparente deixa à mostra a terrível marca do tempo. Uma parte dos seios brilha as tétricas estrias de sua pele. Seu sorriso amarelo me mastiga. "O senhor parece abatido", ela diz depois de horas mentais de silêncio. Respondo com um grunhido. Minha boca está estranha. O pré-molar superior esquerdo prepara o seu covarde ataque. Um exército de bactérias começa a emboscada. Uma dor lancinante me toma de assalto e de repente sou nada mais do que um amontoado de gritos e lamentações. "O senhor está bem?", diz a boa samaritana, com seus desprezíveis bons modos de mocinha educada na Sacre Couer de Sion. "Não foi nada...uma obturação, acho", falo em meio a tempestade de choques que a minha boca agora é obrigada a suportar. Solto um grito gutural. "Vamos chamar uma ambulância", diz o fosso de hipocrisia a minha frente. "Não se preocupe, senhora". Finalmente, o visor do elevador mostra o número 13. Desço rapidamente, como alguém procurando uma privada para vomitar toda a mágoa de um relacionamento falido. Desmaio antes de abrir a porta. Na minha cabeça, o assaltante esmaga a minha arcada dentária com um alicate. Acordo cuspindo sangue.

o filho

A verdade é que o suicídio fazia parte da minha vida e era, sim, uma possibilidade. Não. Não poderíamos admitir que o suicídio fosse uma possibilidade. Poderia ser a libertação. Ela não permitiria isso. A criança? Crianças entendem muito sobre o amor, mas não entendem nada sobre o amar. Por que você diz isto? Essa criança nunca irá sair do seu lado. Ela venera essa dependência. Ela esteve do seu lado no dia da arma. Ainda não está na hora de se lembrar disso. É sempre hora de me lembrar disso. Faz parte deste tratamento. Não estou num tratamento. Acho que ele não pegou a ideia. Sim, acho que ele pensa estar em casa, olhando o movimento diário da rua. Demoliram aquele prédio, lembra? Posso dormir um pouco? Vamos continuar aqui, falando em seu ouvido. É melhor assim. Pense nas possibilidades de destruição que existem lá fora. Você não quer experimentá-las, quer? Mas eu preciso sair. Você já ouve a criança falar e já está de bom tamanho. Se vocês fossem minhas amigas, deixariam eu sair um pouquinho. Temos oxigênio o suficiente para uma vida inteira, a não ser que o mundo resolva acabar. O que pode muito bem acontecer. O mundo acabar e só restar você e as suas amiguinhas aqui. Apenas olho para as chamas invisíveis que o meu corpo produz. Isto é o início do fim, sabia? As árvores adoecendo, se ajoelhando diante do céu cinza do não-início. Da abnegação. Como seria o mundo sem plantas, apenas as cinzas de um fechar de olhos. Apenas a grande pálpebra de Deus a fechar toda a possibilidade de luz. Um segundo do mais profundo nada. O nada a imperar pelos tentáculos da rotina. Mora um câncer dentro de você. Ele se espalha gradativamente, como a colmeia em construção. Imagina a quantidade de insetos que irão explodir destas células podres. A quantidade de picadas pelo interior do seu corpo. E se você se lembrasse das noites mal dormidas, dos pesadelos com a escola, com os colegas? Convenhamos que os seus colegas não eram um bom exemplo de bondade e bom-caratismo. Meus colegas não existem mais. Na sua cabeça. Eles estão escondidos em algum reduto do meu intestino. E aos domingos eles me acordam, aos socos, alfinetando as paredes do meu intestino. Nestas tardes, são elas que me chamam e me aguardam. Aí vocês aparecem, me protegendo do silêncio que há tempos eu já não reconheço. Aí vocês aparecem me mostrando a voz do abismo, a voz do cataclisma, a voz da fúria. O que mais vocês querem? Eu posso gritar aqui dentro, sabiam? Eu posso armar um escândalo aqui dentro. Eu posso destruir, explodir, chacinar, esfaquear, destroçar, estourar tudo aqui dentro. Você não pode nada.

o velho pai

No banheiro, a velha aranha marrom de sempre me encara com uma delicada fúria. Um bicho que possui o dom da invisibilidade só pode ser cruel. Muito cruel. Pego a toalha de rosto e a esmago. No quarto, um copo embolorado é a demonstração do descaso com que tratei minhas coisas por durante anos. Um cheiro de cigarro velho se instalou por entre as roupas de cama. As paredes estão tomadas por infiltrações, principalmente as da sala. Acho que vi uma goteira preparando a sua insuportável fanfarra de sons. Está ali. Batendo na tela da tv.

Filho, preciso te contar uma coisa. Uma coisa séria. Seríissima. Esquece o teu medo por alguns segundos. Esquece o teu medo da morte. Veja, tudo isto para te contar uma coisa. Preciso que você se lembre do que aconteceu naquele dia. Da sensação de impotência que nos invade quando uma arma é apontada para a nossa cara. Você precisa de coragem para saber que todos temos a capacidade de apontar uma arma para a cara de outra pessoa. De outro ser humano. E podemos limpar a cidade se a gente quiser. Podemos reorganizar o espaço atirando nas pessoas certas. Por isto preciso que você se lembre, com detalhes, de tudo o que aconteceu naquele dia. Não quero te torturar. Só quero que você não encare as coisas de uma forma preconceituosa. Só quero ser entendido por você. Quero você me dando cobertura, entende? Promete que não vai me julgar? Promete que não vai deixar de me amar depois de te contar o que aconteceu comigo ontem? Pois bem. É muito mais difícil do que eu imaginava. Eu matei um homem. Matei um homem a socos. Soquei a cara do desgraçado até ele morrer. Não me olhe assim, filho. Eu não queria matá-lo. Foi uma tentativa de assalto. Só estava tentando me defender. Era eu ou era ele, percebe? Não chora. Você já é um adulto, meu filho. Posso te abraçar, filho? Ok, você está cansado. Tudo bem. Eu não tinha a intenção de matar, filho. Só queria dar-lhe uma lição. Sabe o que é fúria? Você conhece aquilo que nós não podemos controlar? Temos um potencial assustador para o extermínio. E sabemos utilizá-lo na hora certa. Chega uma hora que aquele sentimento toma conta do nosso corpo aí então somos movidos por descargas elétricas não racionalizamos mais a violência a vontade de matar os requintes de crueldade nada disto apenas descargas elétricas e avanços e saltos quantitativos e qualitativos e um não pensar em nada apenas pulsar pulsar pulsar e bater e agir de acordo com a tendência dos impulsos você consegue entender onde eu quero chegar não quero encher a sua cabeça só quero que você me entenda não sou um assassino sou um ser humano igual a qualquer outro que agiu de acordo com um conjunto de descargas elétricas de acordo com a fúria de acordo com o sangue com o sangue meu filho com o sangue.

Meu filho se afasta com a velocidade de uma assombração. Estou envolto em uma capa de lágrimas. Choro como um bebê pela primeira vez diante da realidade. Uma goteira começa a cair em cima de mim. O teto poderia desabar agora que eu não iria me mover. Ligo a televisão. As notícias me ajudam a varrer o restinho de orgulho que existia nos cantos empoeirados da minha existência. Vou até a cozinha. Tomo um copo d'água. Acendo um cigarro. Minha boca está estranha. Dói a parte de cima da mandíbula.

o filho

Você já nos olhou nos olhos? Só a arma. Isso: só arma. Você olhou o cano de uma arma nos olhos. Você vislumbrou todas as possibilidades do cano de uma arma. Mas você não nos olhou nos olhos e nunca poderá olhar porque estamos escondidos no seu estômago no seu intestino nos seus dentes na sua mastigação. Você quer nos mastigar. Mas não pode. Ele não pode nos mastigar. Você não alcança o meu braço. Você poderá fechar as nossas bocas, você compreende a amplitude disto? Aquela menina que caminhava lento pelos corredores da escola me olhava com pena. Você gostava dela? Gostava da mesma forma que os animais gostam de seus donos. Mas você não procurava chamar sua atenção. Nunca. Ficava parado como uma trave em campo de futebol esperando um só momento de praticidade, de utilidade, esperando um toque de mãos que não tinha, em absoluto, nada a ver com sexo, promiscuidade adolescente. Porque eu não era nem adolescente. Era uma criança. Ainda é, eu diria. Não, não sou como aqueles que desejam parar o tempo cultivando para sempre uma inocência falsa, uma pureza estéril que nada tem a ver com a vida e com o curso natural das coisas. Você queria voltar no tempo. PARA! Você queria que ele fosse seu amigo. Quem? O cara da arma. Você ainda acredita em amizades verdadeiras. Você ainda acredita em mudar o ser humano. Não acredito em mais/ PARA! Por que a toalha da mesa da cozinha está suja de sangue? O sangue não deve vazar para fora do nosso corpo. O sangue fora da gente tem a ver com destruição. Fim dos tempos. Esperava uma palavra de carinho dela. Uma palavra de luz que dissesse o quanto ela desejava estar do meu lado, porque ela desejava isso, com todas as suas forças, por isso se afastava, por isso a reclusão, por isso os passos lentos de quem espera ser carregada. Por que o sangue na toalha? Feriram a criança? Aquela criança podre e enrugada e claudicante? Você a carregaria? Talvez, na dimensão onde pensamos os objetos não como objetos e sim como cargas elétricas, como forças de alinhamento. O asfalto bem que poderia ter a textura suave do edredom. Mas você não acredita em amor. Você sabe que eu acredito em compreensão. Você sabe que eu acredito em pesos e medidas. Você sabe que eu acredito em fuga. Que eu acredito em esconderijos. TODO MUNDO PARADO TODO MUNDO QUIETO TODO MUNDO QUIETINHO SENÃO A GENTE MATA TODO MUNDO. Não quero. Não posso. Não quero e não posso e não posso o que não quero e não preciso. Não quero olhar pra fora e não posso voar pela janela e não preciso encarar nada de frente. CALA A BOCA!

o velho pai

Desço no posto de conveniências. Compro uma garrafa de vodka. Bebo no gargalo. Fazia tempo que eu não afogava as mágoas assim. Me sinto um adolescente. Gosto desta sensação. Bebo até cair no sono. Meu filho me observa de longe. Com os olhos atentos de quem espera de tocaia a manhã chegar.

Acordo com a cabeça destruída. É terrível ter que lembrar das coisas que aconteceram antes do primeiro gole da vodka, agora pela metade. Lembro da pistola que havia comprado logo após o episódio na lanchonete. Naquele tempo, um amigo da polícia me revendeu a arma, com alguns cartuchos de brinde, por um preço bem bacana em troca de benefícios na compra de um semi-novo. Vou para o quarto e reviro algumas gavetas. Havia esquecido dela. Havia esquecido da possibilidade de reagir a coisas neste mundo. Procuro no armário de roupas, o lugar mais óbvio de se guardar aquele artefato proibido. Nada. Vou até a sala. Penso num lugar onde estaria tudo o que a gente esqueceu por conta da sobrevivência. Lembro do banheiro. Poderia ter guardado no forro do teto. Entro naquele ambiente amarelado. Subo em cima da privada e arrasto uma das placas de vidro. Coloco a mão lá dentro e sinto o dedo mindinho pinicar. Ao remover o braço, duas aranhas marrons passeiam pelas costas da minha mão direita. Espero elas se direcionarem até a palma.

E fecho os dedos com a fúria de um gigante esmagando uma floresta com os pés. Lavo aquela pele manchada. Uma coceira insuportável toma conta do mindinho. Não teria problemas em arrancá-lo fora. Estou quase aprendendo a passar por cima de tudo.

Finalmente a ficha cai e entro no quarto do silêncio em pessoa, que agora assiste televisão na sala. Há um fundo falso no compartimento para guardar sapatos e tênis. Retiro a tábua da estrutura com a pressa de quem precisa sair de baixo d'água para respirar. Lá está ela. Uma pistola Taurus, modelo PT 92, 9mm Parabellum. Intacta, como se eu tivesse comprado ontem. Sua cor preta parece engolir os objetos do lugar. Ela possui uma sensualidade única. Agora estava encaixada em minha mão direita que começava a adquirir a tonalidade roxa de quem foi picado por uma daquelas criaturas do inferno. O mindinho retorna a coçar insistente. Por que diabos fui guardar esta arma no quarto do meu filho é que é o mistério. Os cartuchos reservas também estão ali, mais ao canto. Guardo tudo numa sacola de papel. Escondo o meu precioso objeto junto com as minhas roupas no armário.

Vou para a sala. Olho para as paredes em busca de alguma resposta para o desenvolvimento das ações do meu dia. Nada. Meu filho esta aqui, em algum lugar. Será que ele já sabia da arma? Volto para o meu quarto e pego a pistola que havia acabado de esconder. Analiso aquele artefato por alguns segundos. É perfeita. A umidade habitual da cidade não quis danificar aquela maravilha homicida. Coloco-a na cintura. Miro o espelho do banheiro por um momento. Vejo a imagem de um herói e sua arma secreta. Na sala, sentado no sofá principal, fico a observar a pistola com a atenção de um autista.. Ela é linda. Quantas aventuras poderíamos viver juntos, lado a lado, dependendo um do outro. As horas passavam voando. A infiltração do apartamento vizinho já havia tomado conta do meu andar. As paredes iam adquirindo o desenho tétrico do mofo com uma velocidade assustadora.

o filho

As cores de uma lembrança são o reflexo da luz nos objetos? Olha que coisa interessante de se pensar. OLHA QUE TIA GOSTOSA – É A TUA MÃE? Vamos voltar o nosso pensamento/ O QUE VOCÊ QUER? Vamos voltar o nosso pensamento para as cores dos objetos dentro de uma lembrança. O amarelo em minha cabeça é como um metal dourado derretendo os meus olhos. Você não sente tesão por mulheres? O amarelo passou pela minha vida assim: silenciosamente. Você se masturba pensando em mulheres? O amarelo tem uma parcela de culpa na falta de valor que você dá para a sua vida. Porque essas mulheres não existem. Vamos falar sobre aquele prédio. Como era bom passar a madrugada na garagem deste prédio. E não se movimentar naquela garagem. E colher as impressões da escuridão naquela garagem. Uma arma encostada no rosto de uma mulher. Uma arma não te causa medo, tumulto, desejo de matar? Uma arma explodindo a cabeça de uma mulher. Mas. Mas. Sorte que não era a sua mãe. Sorte mesmo. Enfim, podemos falar sobre os fantasmas que rondam os fiapos de luz da garagem. Uma arma gerando um vapor rosáceo. Uma arma gerando um cheiro estranho de carne e sangue. Ah, ela passeava pelos corredores do colégio com um brinco de pérolas falsas que a mãe havia dado no dia de seu aniversário de quinze anos. Ela agora era uma mocinha. Uma cabeça rolando sobre os meus pés do dia em que ninguém poderia ter sobrevivido. Ela vendia doces. Era pobre e vendia doces, vários tipos de doces, para ajudar a sua família. Ela tinha os cabelos castanhos, caídos no ombro. Nunca mais falou comigo. E quem falaria, hein, seu merda! Alguém está assaltando alguém ali embaixo. Ouço os ruídos agudos do medo. A escola era como uma grande boca suspirando homens em construção. Os garotos jogando futebol à tarde e levando a sério tudo aquilo, como soldados em plena Segunda Guerra Mundial, degolando seus inimigos, pilhando suas casas, chorando pelos cantos e voltando com alguma espécie de esperança que eu não saberia descrever. Porque os homens se interessam em matar. Por que você se interessa tanto pela morte? Ela está sempre aqui, a criança, me olhando, pedindo ajuda, falando sobre os seus pais, sobre a sua ausência no mundo, sobre a sua beleza e graciosidade, sobre os doces que vendia na escola para ajudar a pobre família. E então? Não vai comer mais nada? Não vai comer as batatas? Eu tenho nojo. Não consigo. Só de me lembrar de todas aquelas cores. Não sei como as cores se formam num sonho. O sangue é vermelho dentro do sonho? Eu gostaria de jogar futebol. Queria estar ali na guerra. Sendo útil. Ajudando meus colegas fuzilados. Ajudando na reconstrução de suas casas. No enterro de suas mulheres. Ninguém está matando ninguém. Mas todos estão mortos.

o velho pai

Já é de manhã. Nem a insuportável dor de dente me impediu de namorar por horas aquela arma negra. Ouço o meu filho se alimentando na cozinha. Abro a geladeira para procurar o leite. Meu filho geme, como se desejasse falar alguma coisa.

O que foi?

Estou bem perto de seus olhos. Há alguma coisa indefinida lá dentro. Uma lágrima cai. Mas é tudo muito estranho. É como se não fizesse sentindo ele chorar ali.

Fiz alguma coisa pra você, filho? Vamos, fale. Digo isso com uma calma precisa, daqueles que precisam retirar um vespeiro do lugar. Ele não responde nada, como sempre.

Eu estou bem, filho. Não precisa se preocupar comigo, se é isto que te preocupa.

Tomo o leite com a voracidade dos campeões (daqueles que possuem a arma secreta). O pré-molar enfia novamente o seu pontudo gancho em minha arcada dentária. Não me importo tanto, aquilo me fazia me sentir vivo. Ah, se eu pudesse contar para ele da minha felicidade.

O dente concentra por toda a mandíbula uma dor constante, impossível de suportar. Estou agonizando junto com as minhas velhas coisas. Volto ao banheiro. Enxáguo a boca dezenas de vezes. Cuspo o sangue espesso na pia. Aos poucos ele vai perdendo a cor escura até se tornar rosa e por fim transparente. Finalmente, estanca; a dor persiste. Vou à cozinha e enfio um monte de gelo moído nas laterais. Dói como nunca. Pensando bem, acho que vários dentes destilam uma dor diferente. Estou infestado por cáries. Nunca as tive, por que isto agora? Cuspo fora o gelo. Acendo mais um cigarro, "voltei com tudo", penso. A dor parece piorar com a temperatura da fumaça. Mesmo assim, fumo até o final. Qual foi a última vez que fui ao dentista? Minha esposa saberia o número do doutor...como é mesmo o nome dele?

A raiz reabsorveu.

O que isto quer dizer?

Tem que arrancar. Na verdade/

Na verdade?

Faz tempo que o senhor não vai ao dentista, não é mesmo?

Não me julgue.

Te entendo. Mexer com dente é uma merda. Mas dar uma escovada é bom de vez em quando.

Faço o que posso.

Sei.

Ando muito sozinho.

Enfim, aquele sangue todo e o/

Pus

Isto, o pus...foi culpa de um abscesso que migrou para o osso/

Parece pior do que eu/

Olha, não quero te assustar, mas a parte de baixo está comprometida.

Vou perder todos?

Todos.

Com a boca meio anestesiada, vou ao café da esquina tomar um expresso. Não tive coragem de arrancar os meus dentes. No fundo, eu queria ter a certeza de que nada havia mudado. Um senhor, já com uns oitenta anos, com um sério problema de locomoção, procura conversar comigo. Ele faz isto sempre que pode. É daqueles que tentam ser simpáticos com todos da região. Aparenta estar deslocado, provavelmente é sozinho. Viu a morte de perto. Enfim, pede licença e senta-se a minha mesa. Não falo nada, deixo ele despejar a mágoa do final de tarde.

O senhor voltou a fumar?

Voltei.

Pois não devia.

Devia apagar um cigarro na sua língua, isso sim, penso.

Sabe, a minha mulher morreu de câncer no pulmão.

Sinto muito.

Ela fumava duas carteiras de cigarro por dia. Quase perdi a minha perna por causa do cigarro.

As pessoas são muito vingativas mesmo. Ele despeja em meus ouvidos uma infinidade de bordões e máximas de algum livro de auto-ajuda que, naquele momento, não saberia identificar. Sua vida agora era crer neste tipo de baboseira que envolve esperança. Olho para o celular insinuando estar atrasado para alguma coisa. Sinto uma pontada no pré-molar esquerdo. Saio sem me preocupar muito em ser educado. A dor me coloca novamente num emaranhado de sensações desagradáveis. Vou em direção ao centro, onde posso encontrar um refúgio para as minhas aflições.

o filho

Não pense nisso, você pensa demais na morte. Muito pelo contrário, ela me persegue. Vocês trabalham para a morte? Falem a verdade. Não temos absolutamente nada a ver com a morte. Somos a sua vida, esqueceu? Conversamos com você hora após hora. Um ser humano sem linguagem é menos do que qualquer outro ser vivo. Um ser humano é menos do que qualquer ser vivo. Pare de falar bobagem. Nós criamos a redução. Nós reduzimos. Nós depreciamos. Nós humilhamos. Pulverizamos. Desprezamos. Manchamos. Traumatizamos. Nós. Não há existência aqui. O meu silêncio a tortura. Quem? A criança. Sim, aquela bela menina a caminhar pelos corredores da escola. Ela te deu um beijo na bochecha um dia, não foi? Não, foi na boca, de língua. Um objeto estranho entrando na nossa boca, que repugnante. Uma bala, você quer dizer. Explodindo os ossos do crânio, deixando um rastro de fim por onde quer que ela passe. Os cabelos lisos empapados de sangue. Não sei qual é a cor do sangue dentro de uma lembrança. Tento pensar na neve, numa nevasca, ou melhor, num campo de algodão, depois tento respingar o sangue daquelas pessoas nestas imagens, mas ele não tem propriamente uma cor, no máximo um aspecto estranho. Ela corria pelo pátio da escola e me pedia para que eu a seguisse e eu fui e conheci a face de Deus num lugar escondido nas dimensões onde esquecemos da nossa existência. Do que você está falando?

Da cabeça dela: estourando. Uma poeira rosa decorando o lugar. Era Copa do Mundo e as pessoas comemoravam, riam e gritavam a vitória. E a explosão de cabeças. Não estou falando em amor, mas em experiência, em beijar uma pessoa na boca pela primeira vez. E ver a sua cara explodir na minha frente. Se eu morresse junto seria melhor. Não diga uma coisa dessas, nós estamos aqui para te deixar acordado. Lúcido, pensando no presente e num futuro melhor. Não me venham com este papo. Sabemos das suas carências. Estamos aqui para te ajudar. Se você ficar quieto. SE TODO MUNDO COOPERAR SERÁ MAIS FÁCIL NÃO TÔ A FIM DE MATAR NINGUÉM/ e quem estaria a fim? Do que você está falando, tá fugindo do assunto de novo? Ele está falando da vontade de matar. Sim, estourar a cabeça de uma pessoa só para ver aquele vapor rosa se propagar no ambiente. Você acha bonito isso, seu pervertido? Quem não acharia? A beleza disso tudo está naquele vapor. Está naqueles segundos de beleza plástica. SEU RETARDADO/ não me chame assim. Precisamos saber quem foi morto lá embaixo. Não mude de assunto. Alguém foi morto lá embaixo. Não precisamos saber de nada. E se for alguém conhecido? Aquela garota que brincava na balança? Acho que foi uma bala no rosto. Seu andar lento, em busca de alguma fonte de vida, alguma fonte de esperança, de alguma máquina do tempo.

o velho pai

Uma cafetina sabe que um cliente como eu não é de se jogar fora. Um cliente que seria capaz de frequentar aquele antro todos os dias. Entro no lugar como se eu estivesse numa situação financeira muitíssima abonada. Sou agora um milionário. Faço pose de milionário. Elas vêm em bandos. "Paga uma bebida, gostoso?" Passo a mão no corpo de duas delas de todas as maneiras possíveis. Dou um tapa na bunda da mais velha e digo "vou te comer bem devagarinho." Ela ri. Afinal, as pessoas ricas são muito engraçadas. Peço para dar uma chupadinha no peito da mais nova. Ela oferece o seio direito e diz "a gente só faz isto para os melhores." Sim, eu sou um dos melhores. "Uma amostra grátis." Que delícia. Até o suor de suas axilas tinha o cheiro suave da juventude.

Encontro a minha amiga "senhora das putas novas", que vai em direção ao bar para beber seu costumeiro uísque. Faço um sinal de que quero conversar sobre um assunto importante. Entro no quarto reservado. Ela ainda insiste em vestir roupas cafonas, bijuterias baratas, perfumes intoxicantes. Passa a mão na minha perna, no meu rosto. Estranhamente, lembro de leve dos seus vinte e poucos anos. Nunca foi uma mulher linda. Sempre esta coisa brejeira, jacu se enturmando na capital.

Conheço esta cara.

É que eu acabei de perder o emprego e/

Tudo bem. Você é um dos clientes mais antigos da casa. É por causa de pessoas como você que a casa não fecha.

Queria aquelas duas.

Aham... As duas, é mais complicado.

Meu filho ta doente e/

Tudo bem. Faço pelo seu pai que te trouxe aqui pela primeira vez. Já volto.

Ela sai rebolando aquele traseiro flácido.

Um tiro bem no meio da testa. Não poderia dar margem ao erro. O alvo deverá morrer na hora. Bom se eu pensar em cinco mortes por dia cinco balas vezes sete dias da semana isto vai dar um total de 35 mortes em quatro semanas eu teria 140 mortes mais alguns dias sei lá vamos pensar aí em mais uns três dias vezes 5 para fechar 31 dias de um mês regular então teríamos 155 mortes por mês mais ou menos em um ano eu teria feito uma bela limpeza nesta cidade cinza pensando no crescimento demográfico mensal.

Você quer aqueles dois brotos, não quer? Ela volta com mais um uísque. Estava com uma cara transtornada, de quem está prestes a observar a primeira transa do primogênito pelo buraco da fechadura.

Quero muito. É uma necessidade básica.

Então preciso que você faça um favorzinho pra mim.

Num instante, ela foi abrindo o zíper da minha calça de linho caqui. Abaixou a minha cueca surrada e beijou suavemente o meu membro com a sua boca idosa de dentes amarelados pela nicotina. Sorriu contente. Depois deu uma rápida lambida na extremidade e olhou para cima para conferir se estava dando certo os seus truques rampeiros. 155 mortes era um número razoável.

Seu pai adorava quando eu fazia isto.

Deu mais uma lambida, que agora se revelara uma verdadeira tortura com a lembrança do velho. Finalmente, ela englobou com a boca toda aquela massa de carne mole e começou um vai e vem inebriante. Ela sabia fazer. Tinha experiência. De repente, parou.

Você não tá gostando? Não ficou duro.

Não é isto...é que ultimamente/

Vou te deixar louco agora.

Voltou a chupar. Agora com mais força. Senti uma leve ereção. Ela fazia uns barulhos esquisitos, misto de prazer e desespero. Eu não focava em coisa alguma, só em sair dali e matar mais uns dois ou três malocas da região. Ou melhor, cinco para fechar a conta do mês.

Goza, querido. Goza em mim.

Lembrei do assassinato. Das minhas mãos que murro por murro tiravam a vida daquele homem. Então fechei os olhos e deixei todo aquele liquido viscoso escorrer na cara daquela coitada. Como é bom poder limpar a cidade. "Sou um herói. Um verdadeiro herói", pensava enquanto gozava um gozo seco e arrependido na garota "oficial" do meu falecido pai.

o filho

Nós nos alimentamos do seu passado. Pois vou deixá-las mortas de fome. Você não tem esta capacidade. Tenho a capacidade de fazer o que eu quiser. Você não conhece o seu próprio corpo. Você não sabe das possibilidades do seu corpo. Aqui, as possibilidades não importam. Pronto, agora não podemos fazer mais nada pela pessoa morta lá embaixo. O jeito que ela me olhava tinha a ver com redenção. E cabeças cortadas. Sabe estas coisas que falam na TV? Que coisas? Isso de se apaixonar por alguém, isso de se ter um final feliz. Não gosto quando falam sobre isso. Ela também não gostaria. Quem? A minha mãe. A garota, em cima de uma árvore, próximo ao pátio da escola, durante o recreio, chamava pelo pai desesperadamente. O que ela queria dizer com "você não pode passar as noites todas pensando nisso"? Um carro também pode matar. Pior do que uma pistola 9mm, eu diria. Um carro pode arrancar cabeças. Um carro pode explodir a cabeça de uma pessoa, deixando aquele vapor rosa que tanto faz bem para os espíritos sensíveis. Você tem um espírito de assassino. Não fale uma coisa dessas. Tenho horror à morte. Não gosto de pensar na vida. Não gosto de pensar na existência. Ela tomando um refrigerante avermelhado no pátio da escola e me oferecendo um pedaço do seu cachorro quente. Pare de pensar que as coisas poderiam ser diferentes. Mas eu já não penso mais nisso. Penso em quem foi assassinado lá embaixo. Figurinhas, era o que gostávamos de colecionar na época. Nunca gostei tanto de futebol, mas era legal participar das trocas de figurinhas e dos jogos de bafo e de botão. Um estranho te olha como se você tivesse nascido novamente. O que ele espera encontrar. Medo puro e líquido. Gosto das cores das lanchonetes. Sabia que é um sucesso lá fora. O quê? Essa lanchonete. As pessoas comem e engordam e são felizes dentro destes estabelecimentos de alegria e gula. Poderia comer até explodir de felicidade. Como aquela cabeça? Como o vapor rosa? Como o medo pulando de olhar a olhar? Como o medo dizendo que toda hora é hora de morrer? Nós pensamos demais na morte. Mas ela faz parte da nossa rotina. Precisamos enterrar todos os dias os mortos aqui dentro. E você nos ajuda. Claro, você é o cara que mais escava, que mais joga terra em cima, que mais prepara o cimento, a cal, o monumento que cobre todos estes mortos. Esses mortos sem nome. Sabe quem deve conhecer os mortos? Aquela criança grande. Aquela que acha que cuida de você. Ela anda com o pulmão cheio. Uma criança não deveria fumar cigarros.

o velho pai

Volto para casa com o intuito de pegar a arma e os cartuchos. Meu filho parece estar com uma insônia intensa. Me olha como se não dormisse há dias. A televisão está num volume altíssimo. Desligo e vou em direção ao quarto. Pego a sacola de papel. Ao sair dali, dou de cara com o silêncio.

Filho, o pai vai começar a trabalhar a noite agora, tudo bem? Não vou demorar muito não. É um trabalho temporário, só até eu achar coisa melhor. Não se preocupa comigo não, filho. Eu sei andar sozinho a noite. Eu sei me cuidar.

Dou um beijo em seu rosto e abro a porta com a disposição de quem sai de férias pela primeira vez.

o filho

Se ela me beijasse mais uma vez daquele jeito, poderia me acostumar com uma língua entrando em minha boca. Poderia fazer isto todos os dias pela manhã. Acordar com o som da sua voz. Dizendo: não mata ele. NÃO MATA ELE. Você poderia trazê-la de volta para mim? Ninguém pode trazer ninguém das suas lembranças. Não sei qual é a sua cor na minha lembrança. Mas sei que seus cabelos são castanhos. E sei do movimento que eles faziam em contato com os dedos do vento. Falam tanto sobre o amor na televisão e eu nunca soube como ele é. Na sua lembrança o amor aparece com o rosto embaçado. Um carro pode muito bem matar umas seis pessoas de uma só vez. Um carro pode triturar os planos de alguém. Você ainda não está com fome? Aquela cadeira pertenceu à minha avó que eu não conheci. Dizem que ela poderia passar até oito horas sentada nela sem parar, apenas fazendo um movimento sutil com a cabeça para ver o movimento da rua que não existia em minhas lembranças. Que coragem. Passar mais de oito horas naquela cadeira sem se mexer. Você também pode fazer isso. Nós estamos aqui para garantir que você também possa esgotar todas as possibilidades. Posso recriar o parque onde ela, a garota de cabelos castanhos, tomava o seu refrigerante vermelho e me oferecia um pedaço daquele cachorro quente e me beijava enfiando a língua na minha boca e me explicando que aquilo era um gesto de carinho relacionado ao amor que eu nunca conheci e que eu sempre ouço falar na televisão/ PARA DE CHORAR. Não estou chorando. Nunca mais chorei depois daquele dia. Nós te ensinamos isso também. PARA COM ESTA MERDA PAREM TODOS VOCÊS É INSUPORTÁVEL ALGUÉM DÊ UM JEITO NISTO ALGUÉM DÊ UM JEITO NESTAS CRIANÇAS INSUPORTÁVEIS/ Não lembro mais como se chora, para falar a verdade. Mas o que são essas lágrimas no seu rosto? E se ela me convidasse para dormir na casa dela? Para, enfim, jogar vídeo-game, tomar Nescau e contar histórias de terror à meia-noite? E se os nossos pais ficassem amigos? E se eles preparassem um churrasco no fim de semana para celebrar a nossa amizade? Sim, porque de amizade você entende. Nós te ensinamos isto também. Vocês me ensinaram sobre a solidão, isso não significa que eu vá entender a amizade por causa de vocês. Você é um ingrato. Seu pai já/ meu pai não/ seu pai sabe que/ meu pai sa/ seu/ meu pai não existe mais. Olha, ela é tão linda pela manhã. A manhã é tão linda, tão iluminada. Ela parece iluminada também. Com seu rosto cheio, seu sorriso franco e as duas covinhas a enfeitar as suas bochechas. Ela poderia ficar do nosso lado. Ela poderia nos ajudar a tapar buracos. Temos que impedir que o mofo tome conta da nossa cabeça. Ele se espalha rapidamente.

o velho pai

Ando pacientemente pelo centro histórico da cidade. Paro num boteco e tomo uma cerveja. Algumas garotas me olham como se eu não pertencesse àquele espaço. Saio bufando. Preparo uma dose de nicotina. Solto a fumaça bem devagar. A risada delas ainda ecoa baixinho em meus tímpanos. Volto e falo no ouvido de uma.

A tua risada me deixa excitado. Seu nariz escorre. A mandíbula está dura. Alguma coisa ela usou.

Ui, sai daqui, seu velho.

Quanto vale este teu rabo grande?

Não sou puta.

Jurava que era.

De repente, surgem uns garotos com umas roupas largadas, esquisitas, me encarando como se pudessem me matar a qualquer momento. Eles possuem a disposição de uma usina elétrica.

Aí, vovô. Para de incomodar.

Não estou incomodando. Só estou negociando um programa.

Tá chamando a minha mulher de puta?

Ele vem em minha direção. No fundo era só um adolescente se fazendo de macho. Mas, de qualquer forma, aquilo configurava uma ótima oportunidade de testar o poder da minha preciosidade bélica.

Qual é o problema? Tiro sutilmente a arma da cintura.

Nenhum. Nenhum mesmo.

Já matei um monte de garotos da sua idade. Falo baixinho, olhando no fundo da retina brilhante daquele aspirante a marginal.

Quanto você quer pela garota? Ele diz. Ela grita de indignação. Mostro a arma pra ela. Olho bem no olho da menina. Ela chora quase que involuntariamente. Tenta sair do bar correndo. Eu a impeço. Escondo a arma para tentar não causar alarde.

Ei, não ta vendo que a gente tá no meio de uma negociação. Agora o bar inteiro está me ouvindo. Ele está disposto a te vender, não está? Ele não ta nem aí se eu meter forte neste rabo grande, não é? Se eu gozar nesta tua carinha linda? FALA ALGUMA COISA SEU GAROTO DE MERDA! SEU BOSTA! Um garçom (que também fazia parte da turma) tenta intervir. Mostro a pistola que reluz na minha cintura. Ele tá se lixando pra você. Os teus pais sabem que você namora este infeliz? Você está com medo agora, não é? Onde foi parar aquela tua risada, hein? Por que vocês estavam rindo de mim?

A gente não tava rindo do senhor. Eu juro. Ela diz chorando. Não machuca a gente, pelo amor de Deus.

Nós vamos fazer o seguinte. Este pedaço de merda vai sair

daqui correndo. AGORA! Aponto a arma pra ele. Ele nunca mais vai te ver. Eu vou providenciar para que ele nunca mais te veja. Eu que mando neste bairro agora. Pode espalhar pra todo mundo. E quanto a você, guria. Você vai pegar um táxi e vai direto pra casa. Não é hora de criança ficar por aí na rua vadiando.

Arrasto ela para o ponto de táxi mais próximo. Ela me pede desculpas, desesperada. Parece estar em estado de choque. Abraço forçadamente o seu corpo. Ela tenta se desvencilhar. Aos poucos cede. E chora mais. Um carro para. Abro a porta.

Não tenho dinheiro. Ela diz soluçando.

Pega este cinquentão. Era a última nota da minha carteira.

Obrigada, tio.

Você está segura agora. Dou um beijo em sua testa. Nunca mais quero te ver perto daquele marginal. Falo como se a conhecesse há muito tempo. Como se ela fosse a filha de um conhecido. Como se ela fosse a minha filha.

Retorno ao bar e percebo uma movimentação da Polícia Civil. Dou meia volta. Vou apressado para o outro lado da praça. Com certeza o garçom ou o gerente ou quem quer que seja ligou para aqueles malas uniformizados falando sobre um louco armado ameaçando os jovens da região.

o filho

FAZ UM WHOPPER PRA MIM COMADRE/ Que engraçado um bandido assaltar uma lanchonete para comer um hambúrguer. É no mínimo curioso. É no mínimo curioso matar as pessoas da fila para ser o primeiro a ser atendido. É prático, eu diria. E se usássemos a arma da criança enrugada? Seria interessante. Mas nós cuidamos dela há anos e nunca fomos capazes de mexer naquela arma. É o brinquedo preferido dele. Por isso ele nem ao menos chega a encostar naquele brinquedo. Ele sabe que passaria mais tempo admirando aquele maravilhoso brinquedo do que de fato vivendo. Vamos usá-la? Não podemos/ VOCÊ QUER MORRER PIRRALHO? Olha, uma coisa bonita que eu escutei na televisão: é normal adolescentes pensarem sobre a morte. Mas você conhece tão bem ela, não precisa se envergonhar disto. Encontrei uma garota parecida com aquela menina, aquela do beijo, aquela do cabelo castanho Ela morreu, filho. Não me chame assim. Odeio quando me chamam assim. Acho que eu ouvi algo parecido na televisão, um velho chamando alguém de filho. Os americanos têm este costume e nós tentamos a todo custo imitá-los. Mas ele é o seu pai. Não vejo o meu pai faz tempo. Não consigo mais enxergar o meu pai. Você aprendeu a não enxergá-lo, mas ele está aqui. E um carro atropelando alguém só pode ser um grande acontecimento, com todas aquelas luzes coloridas, aquelas pessoas desesperadas, a polícia, os bombeiros, a ambulância, a urgência. Sempre onde há urgência, há um grande acontecimento. E uma pessoa morta? Demoliram a cidade. A cidade que você morou e cresceu na infância. Onde estão as pedras que formavam as paredes, os muros e limites daquela cidade? A sua cidade. Quem conseguiu explodir toda a construção de uma vida com apenas um golpe? Ele apertou a minha mão no dia que eu entrei pela primeira vez naquele corredor. E falou sobre os seus jogos preferidos. Falou sobre futebol, sobre filmes de ação, sobre meninos gostarem de meninas. Falou que tinha curiosidade de beijar uma menina na boca. Porque alguém, naquele corredor, já havia feito isto. Porque alguém provou que isto era possível, assim como é possível atirar na boca de alguém. Ele gostava de fumar escondido já com aquela idade e eu ficava sem entender os motivos para que aquilo fosse convertido em prazer. Ele matava aulas para jogar futebol e quase o mataram no dia em que fomos um só: eu, ele, ela, as crianças todas. Nem chegaram perto dele. Nem encostaram um dedo nele. Nem gritaram. Nem sopraram nada em seu ouvido. Ele apenas acompanhou/ Ele não estava lá/ Por que você diz isso? Porque quem quase foi morto naquele dia foi/ VOU ARREBENTAR A SUA CARA QUER VER?/

o velho pai

Vou para os arredores da universidade e lá encontro as minhas primeiras vítimas. Os dentes começam a me infernizar mais uma vez. Era como se uma broca insistisse em arrombar os nervos da minha mandíbula. Bato, com a coronha da pistola, nas laterais da arcada dentária. Depois, uso o cano como uma alavanca e tento arrancar de vez os dentes de baixo. Uma parte sai tranquilamente (uns dois ou três laterais e o canino superior direito). O resto parecia não se abalar com a aquela tentativa patética de demolição. Agora, minha boca sangrava adoidado. Parecia um vampiro saindo do jantar com os seres do submundo. Próximo ao mais célebre teatro da cidade, um rapaz maltrapilho me cutuca o ombro.

Ei, dá um dinheiro pra inteirar a passagem do ônibus. Eu moro lá em Colombo e não sei como fazer para voltar e/

Onde estão os seus amigos? Pergunto sem olhar pra trás. Sem olhar na sua cara miserável.

Não tenho como voltar pra casa, o senhor não teria um trocado para completar a passagem/

Sigo em direção aos fundos do teatro. Ele vai atrás, como um zumbi murmurando um mantra incompreensível.

Eu juro que não é para usar droga. Você acha que eu vou comprar drogas eu juro que não é para isto por que se fosse para isto estaria com uma faca no seu pescoço implorando para que você me desse dinheiro para que você me desse um pouco de atenção para que você parasse de me desprezar ei você está me ouvindo você não sabe as coisas que eu passo todos os dias só queria um dinheiro para inteirar a passagem e você que não precisa tanto assim de dinheiro você me despreza como se eu fosse nada como se eu fosse nada mais do que um saco de lixo escuta quer parar de andar quer me ouvir por alguns segundos então me dá um cigarro me dá um cigarrinho aí eu juro que eu não peço mais nada eu juro que eu te deixo em paz você tem cigarro você cheira a cigarro olha na minha cara desgraçado para de me desprezar para de bancar um babaca olha pra mim filha da puta lazarento/

Cala essa boca, falo baixinho e depois volto o meu olhar pra ele. Estamos no fundo do teatro, onde ninguém se mete a passar. Tapo a sua boca com a mão. Seus olhos estão desesperados. Cuspo em seu rosto, quase que de uma forma involuntária, um pouco do sangue espesso da minha boca. Tiro a arma, e com a precisão de um ilusionista, aponto para a sua testa, bem entre os olhos. Atiro sem pestanejar.

o filho

Qual das promoções que vem com um brinquedo junto? Eu queria o brinquedo, um pequeno boneco do Batman, que possui membros articulados. O som do barulho de uma arma é o silêncio? Pra quem morre, talvez. Nas minhas lembranças a arma não tem som, só o barulho do relógio. O barulho do relógio a se misturar com o silêncio da arma. O sangue também não tem cor. Apenas aquele vapor, que, pensando melhor, é cinza nas minhas lembranças. Cinza como o céu da minha cidade. A professora tinha um cheiro de laranja. Ela descascava laranjas na sala de aula e pedia para que nós não nos alimentássemos ali dentro. Ela tinha uns óculos com aro grosso e preto e sentia uma vontade filha da mãe de não estar ali, de não conviver com crianças, de não escutar nossas vozes. Mas mesmo assim você gostava dela. Mesmo assim ela sorria pra mim e me oferecia um gomo da laranja cortada e me explicava calmamente as razões de um ser humano gostar de literatura. Ela me dizia ser raro alguém da minha idade se interessar por literatura e naquele momento pensei que ela poderia ter a minha idade e me pegar pela mão e me levar para passear pelos corredores esbranquiçados daquele colégio em ruínas. Pensei que ela poderia me livrar de/ NÃO PODEMOS MATAR CRIANÇAS/ Pensei que ela poderia ser a primeira a me dar um beijo. Ela e o seu bafo de laranja. A luz daquele apartamento ficava acesa. Quem nos observava?

Alguém morreu lá embaixo e a luz não está nem aí. Só se interessa em nos observar. De repente a luz possui amigas parecidas com as suas. A lhe dar conselhos, a lhe indicar caminhos, imagens, sons, cores. O cinza impera aqui em casa. Eu posso sentir o mofo se instalando pelas estruturas mais frágeis e determinando o funcionamento de tudo. Os vazamentos daqui estão se tornando insuportáveis. Daqui a pouco viveremos submersos em uma grande piscina mofada. E ele? Será que vai finalmente atirar no seu rosto? De quem você fala? Da criança grande, aquela que não larga do seu pé. As aranhas aqui são um problema. Ainda não aprendemos a conviver com elas. Você já foi picado. E não contou nada pra ele. Ele é uma criança, idiota. Portanto, não saberia me ajudar. Ele não saberia lidar com vocês. Ele não saberia conversar com vocês, suas/ SE VOCÊ NÃO PARAR DE CHORAR EU JURO QUE/ As meninas são mais indefesas, é o que nos ensinaram. Seus olhos representam a cor cinza em minhas lembranças, assim como o céu da grande construção em ruínas na minha cabeça. Ele vai ligar de novo a televisão e teremos que nos submeter a todas aquelas conversas.

o velho pai

Procuro me esconder em algum beco escuro, para despistar qualquer investida das autoridades. Paro numa das marquises da galeria de um conjunto habitacional. Dois garotos e uma mulher grávida parecem ter espasmos de ataque epilético. Olho bem no olho de um deles.

Você é quem quem veio você quem veio você quem quem que que você quem você é quem você veio me tirar daqui?

Vim para te libertar. A arma vai automática até a testa daquele pobre infeliz. Atiro. Ele cai duro como se ainda aproveitasse o efeito da pedra que havia fumado. Pego a lata utilizada para o curto circuito geral e jogo longe. Alguns ratos nos fazem companhia. Um deles mastiga rapidamente umas das bordas do moletom surrado da jovem grávida. Ela ri como se pudesse entender as estruturas mais herméticas do funcionamento da existência. Falo no seu ouvido:

Você não se preocupa com o bebê na sua barriga?

Que palavra engraçada nunca tinha percebido que palavra engraçada que é barriga hahahahah tem um som estranho barriga poderia passar horas falando barri/

Foi o que pensei. Um tiro na testa. Ela morre sorrindo. Um cheiro de urina toma conta do ambiente. O terceiro me olha feito uma estátua de mármore num museu sem luz. Aquele líquido fedorento se mistura com o sangue dos outros.

o filho

As aranhas estão tomando conta da casa. Elas invadiram, junto com o mofo, a cor branca das paredes. Agora não sabemos mais o que é parede e o que é morte. Não há por que guardar estes livros no quarto. Duvido que você tenha lido todos estes livros. Não sei por que me sinto engolido por todos estes livros. As traças já não me incomodam mais. Elas que acabem com este amontoado gigante de papel. Quando ela falava sobre literatura no meu ouvido e recitava versos e gesticulava com as mãos e me olhava como o criador admirando pela primeira vez a criatura/ VOCÊ NÃO PODE ATIRAR ASSIM DE/ a gente se apaixona por tão pouco. Aquela pele cheirava/ TÁ CHEIRANDO QUEIMADO/ um segundo próximo de seu olhar de criança grande e eu aprenderia a respeitá-lo e a amá-lo/ ALGUÉM QUER FALAR MAIS ALGUMA COISA? VOCÊ/ não podemos perder a final da Copa do Mundo. Se o Brasil perder, perderemos também o feriado, o descanso, a vibração, a agitação e a alegria de se acreditar piamente no espírito competitivo. Porque nós quebraríamos a perna deles enquanto eles tentam atirar naquela parede de concreto, enquanto eles nos ajudam a demolir este cenário inteiro. Ninguém sentirá falta das janelas laterais. Não precisamos de luz, o nosso apartamento não precisa da luz da manhã e sim de cores. Cores para as lembranças. Como seria bom se ela passasse a mão em minha cabeça, se ela dissesse que ficaria tudo bem, mas eu só contava com a criança fumante e enrugada. Nada poderia ser pior do que depender de uma criança na hora da morte. Ele jogou fora a sua arma de brinquedo, aquela que disparava bolinhas azuis de plástico duro. Doía quando acertava a perna de alguém, como aquela vez, quando você levou a arma pra escola e tentou atirar no inspetor daquele corredor esbranquiçado, onde ela costumava passear com seus cabelos castanhos e seu olhar de falsa ingenuidade, o corredor, onde aquele velho sentiu pinicar a coxa direita, para depois lhe tomar à força a arma, que imitava claramente um modelo antigo de pistola da Segunda Guerra Mundial, enfim, aquele homem, que não gostava de crianças, que não gostou de ter infância, tomou a pistola e berrou contra o seu pequeno ouvido direito, e lhe deu um chute na perna e lhe deu um tiro de mentira exatamente na coxa direita, local onde o ferrão da inocência havia lhe deixado uma momentânea mácula roxa/ TOMA! ALGUÉM MAIS QUER DISCUTIR? Ah, se eu pudesse me lembrar da sensação de se ganhar uma Copa do Mundo. Idiota, isso não faz diferença alguma pra você. Faz tempo a sua alma não se interessa por esse tipo de situação. Faz tempo a minha alma não se interessa por muita coisa. Ela é como um imã. Nós cuidamos dela, dentro deste campo magnético chamado linguagem.

o velho pai

Não tenha medo. Falo suavemente. Um pai ninando o filho em plena guerra civil. Estou libertando os teus amigos. Você tem uma chance. Você pode sair correndo daqui e/

Ele enfia uma faca de cozinha no meu braço. Ela entra rasgando com sua serra enferrujada. A dor não é maior que a dos meus dentes. Dou-lhe um tapa com as costas das mãos. Esqueço qualquer tentativa de educar aquele animal. Atiro de qualquer jeito. Acerto o peito encolhido. Ele é arremessado pra trás. Para ter certeza do falecimento, meto-lhe uma bala entre os olhos. Ele morre com a expressão do afogado. Vai aos poucos para o outro mundo.

Com a criança na barriga daquela coitada, são cinco. Volto pra casa com a sensação de missão cumprida. Caminho lentamente pelas ruas da minha cidade. Passo pela catedral, pela biblioteca pública, pela rua XV inteira. Os maloqueiros pareciam não se importar com a minha existência. De fato, agora, eu parecia um deles. Aliás, os poucos que passam por mim não se atrevem a olhar na minha cara. Esta é a vantagem de se morar aqui: qualquer um pode planejar o fim do mundo e passar despercebido pelas ruas mofadas desta província cinza.

o filho

Acho bonito quando na primavera aquelas flores rosas aparecem na copa de algumas árvores, feito quando se explodem cabeças e um vapor rosa/ SABE COMO É O NOME DISTO, GAROTO?/ Tava chovendo o dia em que bateram o carro numa destas rápidas; duas pessoas foram mortas. O trânsito às seis da tarde, sem dúvida, é o pior. Se você soubesse dirigir, não ficaria tão irritado assim com a falta de movimento. Não tenho opção. Você poderia se atirar pela janela. Vocês não me deixam ter esta opção. Está vazando água no meu quarto também. Tenho medo de me afogar. Tenho um puta medo de não conseguir me mexer no momento em que este apartamento estiver completamente alagado. Não conseguiríamos viver debaixo d'água. A criança não. Você, talvez. A gente se acostuma com tudo/ ISTO AQUI PODE TIRAR A VIDA DE UM HOMEM/ O ser humano se acostuma com as piores coisas./ A SUA, POR EXEMPLO/ Ultrapassamos todas as forças da natureza. Quantos desastres... E o ser humano lá: firme e forte e imponente e arrogante e prepotente./ NÃO IMPORTA SE VOCÊ É UMA CRIANÇA/ Importa sim, claro que importa o fato de este gigante ser uma criança. As crianças não entendem muitas coisas. Ele não nos entende. Os seus melhores amigos. Portanto, seria estupidez dar tanta trela para esse animal. Um cachorro tão lindo passeava pelo pátio da escola, e apesar do alto porte de um pastor alemão, ele não nos enfrentava, queria apenas correr junto com aquelas crianças introvertidas. Quando ela me disse se abaixa, significava um gesto de carinho, ou apenas uma resposta automática ao drama que se impunha a nossa frente? A cabeça das mulheres é indecifrável. Que frase mais insuportável. Quando foi que começaram a repetir essa ideia de maneira tão exaustiva? Ele poderia desligar a televisão agora. Já não aguento mais ouvir estes ruídos e estas falas que se repetem. VAI VAI RÁPIDO VAI VAI VAI/ Sempre tive dificuldades em contar dinheiro. Em conferir o troco da cantina, em saber se alguém está ou não me enganando. E se o dinheiro não existisse? E não precisássemos nos preocupar com a quantidade de dinheiro, com a falta de dinheiro, com o excesso de dinheiro, com a lavagem de dinheiro/ TÁ ME ACHANDO COM CARA DE PALHAÇO? ENCHE A SACOLA/ Mas o que nos torna obsessivos com relação ao dinheiro? Eu não sou obsessivo em relação ao dinheiro. Acredito que vocês também não. Nunca pensamos sobre/ EU PEDI SEM SALADA/ É mais fácil quando não pensamos sobre o passado da pessoa. É bem mais fácil matar, eu diria, quando não desenhamos qualquer contorno dessa pessoa em nossa cabeça.

o velho pai

O porteiro pergunta o que aconteceu. Digo que fui assaltado. Aperto o 13 e espero pacientemente o elevador em seu lento percurso. A porta do meu apartamento foi arrombada. Uma tensão percorre o ar daquele ambiente tomado pelo mofo. Meu filho está ao lado do sofá. Mãos e pés amarrados. Lágrimas secas marcam as laterais de sua face pálida.

Foram eles não é? Foram aqueles dois drogados que amarraram você, não é?! FALA!!! Estou com sangue por toda a roupa. O machucado do braço ainda não estancou.

Não.

Depois de doze anos ele resolve falar. "Não" é a primeira palavra do homem que havia abandonado a linguagem.

Quem foi então?

Eles usavam máscaras.

Abracei meu filho com força. Uma força asséptica. Ele não moveu um só músculo. Parecia sempre que para ele abraçar alguém era algo muito estranho de se fazer. Depois fui para o banheiro. No velho espelho cheio de fungos observei a minha boca arrebentada. O canino superior direito foi a perda mais evidente. Tento tirar alguns cacos que ficaram enfiados por toda a gengiva. Sangro ainda mais. E a dor, curiosamente, diminui. Aquela imagem refletida ali era, de fato, a de um destes seres que parecem não ter nascido da barriga de uma mulher. Havia passado pelo meu último batismo.

o filho

O telefone está tocando. Mas ele nunca toca. Faz anos que ele não toca. Isto é o que você pensa. Ele toca sem parar aqui dentro/ DESLIGA ESTA MERDA AGORA/ Você contou o dinheiro? Você contou quanto sobra? Você sabe se esta mixaria dá para um prato de comida decente? Estas porcarias que vendem aqui só fazem mal. Mas as pessoas pareciam tão/ ISTO AQUI TÁ UM LIXO! VOU FAZER VOCÊ ENGOLIR INTEIRA ESTA PORCARI/ Ninguém merece não ter o que comer, eles diziam. Lá na escola nós aprendemos a dividir o pão e a ser generoso com o próximo. E também a colocar tachinhas nas carteiras dos colegas, a jogar papel na lousa do professor, a queimar fio químico no banheiro, a soltar bombinhas nas privadas, a colocar durepox no buraco da fechadura do portão principal, a baixar as calças dos inspetores, a pegar nos seios das meninas/ VOCÊ TEM NAMORADA GAROTO? Não me diga que você já encostou dessa forma numa garota? Mas são apenas crianças. Crianças com armas pesadas. Armas negras, imponentes, sensuais. Elas poderiam tirar a vida de qualquer um, é aí que está a graça. É aí que mora a sua atração por disparos. Os disparos não existem. Você sabe que isso só acontece aqui. Aqui onde? Na sua lembrança preto e branca. QUIETINHO NÃO VAI DOER NADA/ Ainda vou descobrir a cor do sangue nas minhas lembranças. Ainda vou descobrir a cor dos olhos da morte nas minhas lembranças. Engraçado que não está exatamente silencioso hoje. Apesar da ausência daquela criança grande e enrugada, eu não sinto exatamente o silêncio do espaço. Alguém está tentando abrir a porta da frente. Mas a porta está sempre aberta. Deve ser ele, com as suas novidades, com a sua amargura, com o seu destino medíocre. Você não deveria pensar assim. Por quê? Porque ele te protege. Nenhuma criança pode nos proteger. Ele não é uma criança/ SE MAIS ALGUÉM REAGIR EU ATIRO DE NOVO/ Ué, alguém disparou alguma coisa? Não consigo ouvir o barulho dos tiros. Vai ver que é culpa desta sua lembrança defeituosa. ELE DEVE ESTAR DORMINDO NÃO CONSIGO OUVIR NADA/ O problema desta casa é que ela está sempre cheia. Sempre cheia de crianças brincando com estas armas de brinquedos. Sempre este bang-bang insuportável. Elas não param de atirar umas nas outras/ ELE É MUDO VOCÊ ESQUECEU? Ah, a voz dela! Da menina de cabelos castanhos, daquela a tomar um copo de refrigerante rosa no pátio do colégio que não mais existe aqui dentro. E se ela nos beijar novamente? Qual seria a sensação? NOSSA! ELE PARECE UM ZUMBI OLHANDO PARA O NADA/

o velho pai

O braço latejava e não parava de sangrar. Ligo o chuveiro e o vapor da água quente me transporta para o espaço da quietude. Deixo o jato correr forte pela boca. O sangue respinga por todo o box de vidro. Limpo mais um pouco a ferida do braço que não estancava de jeito nenhum. Saio dali na caça de algum kit de primeiros socorros. Nada. Ligo para o porteiro.

Por um acaso, você tem aí um kit de primeiros socorros?

Sim. Quer que eu suba, doutor?

Estou quase desmaiando por tanto sangue perdido.

O senhor está pálido.

Me ajude antes que eu caia duro aqui. Logo pega na ferida do meu braço e põe seus óculos para enxergar de perto.

Que facada, hein, doutor. Estes caras te pegaram de jeito.

Esta cidade anda cada vez mais perigosa.

Quer que eu costure?

Ué? E você sabe fazer isto?

Com álcool de cozinha, linha de costura e agulha comum, ele começa então a costurar o meu braço com a precisão de um construtor de miniaturas. Resolvo não perguntar como e onde ele aprendeu a fazer aquilo. Era melhor assim. Não gosto de me intrometer na vida de ninguém. A dor não era maior que a dor dos meus dentes. Ele termina rapidamente o serviço. Ofereço um dinheiro. Me lembro de que não tinha mais nada. Ele nega antes de eu dar qualquer desculpa. Diz que não fez mais que a sua obrigação.

Vou para o quarto e escondo a pistola no fundo do armário junto com as roupas. Meu filho ainda está na posição que eu o deixei no inicio da madrugada, ou seja, sentado em cima do sofá, como se assistisse a algum programa de variedades infernal. Vou para a cozinha, preparo um chá dos sonhos e permaneço acordado até a manhã dar os seus primeiros sinais.

o filho

Ele sabe do álbum de figurinhas escondido no fundo do armário? Ele sabe que você guarda esta lembrança do tempo que você ainda tinha amigos? Ela corria pelo corredor para encontrá-lo. Encontrar a mim, você quer dizer. VAI PROCURANDO NAS GAVETAS DA SALA/ Não. Ela corria para matar aula, para beber escondido das pessoas/ crianças não bebem, crianças não podem/ mas aquela bebia e fumava e cheirava benzina nos intervalos/ VOCÊ ESTÁ TÃO DIFERENTE/ Ela estava diferente. Aquela criança enorme não poderia ser ela, seu idiota. Vai ver, era a mãe procurando pela filha. Mas afinal de contas, quem morreu do seu lado?/ QUANTO TEMPO, HEIN, AMIGO. VOCÊ AINDA SE LEMBRA DE MIM? PRECISAMOS DE UMA COISA GUARDADA AQUI NA SUA CASA/ Ele me trata como se eu fosse um retardado. Não gosto disto. Já disse que você é um retardado, não há por que não assumir isto. Não gosto de me submeter a este tipo de situação constrangedora. ELE ESTÁ FALANDO COM VOCÊ! EI, ACORDA! ACHO MELHOR A GENTE AMARRAR AS PERNAS E OS BRAÇOS/ Você não está entendendo, né. Então nós vamos falar pela última vez: todos morreram naquele dia. Todos. As crianças. Os pais. Os atendentes. Menos você e o seu pai, que havia saído uns segundos antes para comprar cigarros. Ele apertou o gatilho e... Estranho. Você tem sorte, garoto –

estou mais sem bala nenhuma. Não me deixa aqui sozinho, pai. Espera um pouco, o papai só vai comprar um cigarro ali na esquina. As pessoas fazem cada coisa por motivos tão estranhos. PODE FICAR TRANQUILO, AMIGO. A GENTE NÃO VAI TE MACHUCAR. SÓ FALA ONDE O TEU PAI GUARDA O DINHEIRO/ Não há ninguém aqui, só estes dois antigos amigos (que mais parecem os pais adoentados de meus antigos amigos), que não foram ao meu aniversário, que nunca mais me olharam na cara, que começaram a namorar sem que eu soubesse, que me enganaram estes anos todos. ELE É MUDO VOCÊ ESQUECEU?/ Mas você não apenas sente saudades. Você quer estar com eles, dividindo o tempo como quem divide o pão logo de manhã. Como uma verdadeira família. Se eles soubessem que eu nunca dei a mínima para o namoro. Se eles soubessem a falta que eu senti do pátio da escola e da correria em volta do pátio da escola e de toda aquela movimentação feliz. A minha única dúvida é a seguinte: por que eles estão usando estas máscaras de palhaço? E pra que me amarrar assim? Faz parte da brincadeira? Onde estão as armas de brinquedo? Não importa. O importante é a família unida. Finalmente eles vieram me visitar. Finalmente.

o velho pai

Agora já passa das cinco e pouco da tarde. Já estava mais do que na hora de sair para começar a cumprir a minha tarefa diária. A limpeza. No elevador a velha, minha vizinha, parece animada com a notícia que acabara de chegar aos seus ouvidos.
Soube da última?
O que foi?
A nossa vizinha...
Que vizinha?
A drogada. Que mora com aquele rapaz.
O que tem?
Se matou a coitadinha. Pulou da janela. Tão jovem. Você a conhecia?
Meu filho. Meu filho a conheceu.
A porta do elevador se abre. A tarde vestia lentamente o seu sobretudo preto. Acendo um cigarro. Fumo rapidamente. E vou em busca de mais munição para a minha preciosidade bélica.